Ela Angerer

UND DIE NACHT PRAHLT MIT KOMETEN

aufbau

Ela Angerer

UND DIE NACHT PRAHLT MIT KOMETEN

ROMAN

aufbau

MIX
Papier aus verantwortungsvollen Quellen
FSC® C083411

ISBN 978-3-351-03647-8

Aufbau ist eine Marke der Aufbau Verlag GmbH & Co. KG

1. Auflage 2016

Einbandgestaltung ZERO Werbeagentur, München
Satz LVD GmbH, Berlin
Druck und Binden CPI books GmbH, Leck, Germany
Printed in Germany

www.aufbau-verlag.de

Ich möchte über den Frieden schreiben.
Denn der Frieden, den ich meine,
das ist der eigentliche Krieg.
Ingeborg Bachmann

1

»Du schaust dem Neger nach.«

Bojan stieg aufs Gas.

»Schaust du dem Neger nach?!«, schrie er.

Sie saß auf dem Beifahrersitz und sah aus dem Augenwinkel, dass er ihr sein Gesicht zuwandte. Die Finger ihrer rechten Hand krallten sich an den Türgriff, mit der linken Hand hielt sie sich an ihrem Knie fest.

Bojan wandte sich kurz ab, überfuhr eine Sperrlinie und ließ den Wagen auf der freien Gegenfahrbahn weiterziehen.

Die große Einkaufsstraße stimmte sich auf den beginnenden Abendverkehr ein; Autos schossen aus Seitengassen und versuchten sich in den nervösen Rhythmus einzufädeln. Auf den Gehsteigen liefen mit Taschen und Kindern bepackte Passanten um die Wette. Vor *Rudis Jeans-Shop* flatterten neonfarbene Schals auf Kleiderständern im Wind.

Zu Beginn der Fahrt hatte sie durch das Seitenfenster jedes einzelne dieser Bilder in sich aufgenommen. Jetzt raste der Wagen mit einer Geschwindigkeit dahin, die alles zu einer langgezogenen Fläche verwischte.

Bojan stieg weiter aufs Gas.

»Wie eine läufige Hündin!«, schrie er.

Sie spürte den ersten dumpfen Schlag.

Als ob ihr eines der großen Postpakete, die ihre Großmutter regelmäßig an sie verschickte, von weit oben, mindestens aber aus dem zweiten Stock (plus Mezzanin) auf den Kopf gefallen wäre. Dabei konnte der Schlag ja nur vom Fahrersitz gekommen sein, es war doch niemand anderer da außer ihnen beiden; und ja, jetzt hatte sie Bojans volle Aufmerksamkeit – obwohl sie gerade, sicherheitshalber, ihren Blick nur noch starr auf den roten Teppich unter ihren Schuhen gerichtet hatte. Vielleicht, so dachte sie, konnte sie den Sturm über den Wellen so noch zum Erliegen bringen.

Der Wagen raste auf eine entgegenkommende Straßenbahn zu; gut möglich, dass sie gleich mit den Verkehrsteilnehmern in den Waggons zusammengewürfelt wurden. Doch im letzten Moment bremste Bojan ab, riss das Lenkrad herum und reihte sich auf der rechten Fahrbahn hinter einem Lastwagen ein.

»Gib es wenigstens zu!«, schrie er. Und schon donnerten weitere Postpakete im Rhythmus einer Maschinenpistole auf sie herunter.

Inneres Klingeln unter der Schädeldecke, pulsierende Schläfe, Aufplatzen der Haut über dem Wangenknochen. Auf dem Asphalt zerspringende Marmeladengläser. Kuchenbrösel darüber. Die schöne Schrift der Großmutter (Pelikan-Füllfederhalter von 1931) auf weißem Karton.

All das konnte Bojan mit einer einzigen Faust, an der freilich ein dicker Ring mit kantig geschliffenem Saphir steckte. Mit der linken Hand lenkte er weiter durch den Verkehr.

Zwei Querstraßen noch, dann würden sie zu Hause sein. Jetzt schnell einen Parkplatz finden, dachte sie, während in ihrem Kopf starkes Rauschen einsetzte. Bitte lasst ihn einen Parkplatz finden, rief sie den Obersten Rat mit ihrer inneren Stimme an, dann wäre vielleicht alles wieder gut.

Möglicherweise hatte sich etwas Feuchtes auf ihrer

Wange gebildet, sie wusste es nicht. Jetzt bloß nicht! Wenn sie ihm mit ihrem Blut das neue Auto versaute, würde sich der Sturm in die Länge ziehen.

»Komm runter, wir machen eine Testfahrt«, hatte Bojan vorhin oben in der Wohnung gesagt und dabei seinen schweren Schlüsselbund am Zeigefinger durch die Luft wirbeln lassen. Als er ihn mit der ganzen Hand wieder auffing, klirrte das Metall laut durchs Vorzimmer.

Dann standen sie unten in der Einfahrt, vor ihnen ein dunkelroter Sportwagen, dessen Front aussah wie die Schnauze eines riesengroßen, aggressiven Tapirs.

Bojan ging mit ihr um das Ungetüm herum, zog dabei eine herausgerissene Zeitungsseite aus seiner Jackentasche und las stolz das Inserat vor: »Chevrolet Corvette C3 mit dreistufigem Turbo-Hydramatic-Automatikgetriebe, garagengepflegt.«

»Na, was sagst du jetzt?«, hatte er sie gefragt und ihr die Beifahrertür aufgehalten.

Überraschungen wie diese waren für sie jedes Mal von einem aufregenden Zauber umgeben. Aber wie jemand, der keiner geregelten Arbeit nachging, es zu so einem Auto bringen konnte, jemand, der, genauer gesagt, gar nichts arbeitete, war ihr ein Rätsel.

Das Leben ist kein Kinderspiel. Dass der strenge Zeigefinger ihres Vaters außerhalb der hohen Parkmauern, die ihr Elternhaus wie ein steinernes Wehr umgaben, nichts galt, das hatte ihr Bojan bereits hinlänglich bewiesen. Wobei, irgendwie machte er ja doch etwas, auch wenn ihre Eltern das niemals als Arbeit gelten lassen würden: Bojan machte *Geschäfte.*

Den ganzen Tag über hatte die erste Frühlingssonne die Luft weißgewaschen. Jetzt verschwand sie als blasse Scheibe hinter den Gründerzeithäusern mit ihrem abgeblätterten Verputz. Vor der Haustür war keine Parklücke frei; wortlos lenkte Bojan den Wagen durch mehrere Einbahnstraßen, überquerte einen großen Platz und fuhr durch eine kleine Seitengasse zurück auf die Einkaufsstraße. Vom Turm der alten Kirche tönten zwei helle Glockenschläge herüber und wiesen auf halb sechs.

Was ihm plötzlich diesen Neger, wie er ihn nannte, in den Kopf gesetzt hatte, wusste sie nicht. Sie konnte es sich nur so erklären, dass sie auf ihrer Seite aus dem Fenster des Wagens hinausgesehen hatte und dabei gerade ein dunkelhäutiger Mann auf dem Gehsteig gegangen war. Was für ein dummer Zufall.

Der Oberste Rat hätte diese Explosion nach ihrem Blick aus dem Fenster verhindern können; wenn er an dieser Stelle zum Beispiel eine Gruppe von Kindern vorbeigeschickt hätte, samt Betreuerin, auf dem Rückweg von ihrem Ausflug in den Park.

Aber nein, er kann natürlich nicht an alles denken. Bojan war außerdem ihr und dem Obersten Rat immer einen Schritt voraus. Wie flink er war! Kaum glaubte man, ein Muster zu erkennen, hatte er es auch schon wieder geändert und in den Rapport neue Fehlerquellen eingewebt.

So konnte sie wochenlang nach dem Aufstehen ein Fenster in seiner weitläufigen Altbauwohnung öffnen und zu seiner großen Zufriedenheit frische Luft hereinlassen; bis er eines Tages plötzlich hinter ihr stand und mit schneidender Stimme fragte, ob sie ihn umbringen wolle, er vertrage die österreichische Zugluft nicht.

So konnte sie immer wieder Salat machen in seiner Küche – bis er ihr eines Tages vorhielt, sie koche wie ein

Nazi-Bauerntrampel. Wer über Feingefühl verfüge, sagte er, würde die Salatblätter nämlich ganz klein und mundgerecht zurechtzupfen.

»Das, was du da machst, nennt man bei euch nicht ohne Grund Bletschn«, schimpfte er, »was für ein hässliches Wort. Und du, meine gute Valerie, bist leider auch nichts anderes als so eine blöde Bletschn.«

Alle nannten sie Vie. Nur Bojan rief sie, wenn er genervt war, bei ihrem offiziellen Taufnamen.

Heute also ein dunkelhäutiger Mann, der durch ihr Blickfeld wanderte, unbestellt.

Sie hätte gerne ihre Wange betastet. Aber sie wollte sich nicht bewegen, nicht mit dem linken Arm nach oben greifen und Bojan damit womöglich weiter irritieren. Sie hielt ihren Kopf geradeaus und hob nur vorsichtig die Schulter an, um mit dem Mantelstoff das Feuchte wegzuwischen. Später, allein im Badezimmer, würde sie nachsehen, was mit ihrem Gesicht los war.

Bojan drückte auf die Automatiktaste und ließ das Fenster auf seiner Seite hinunter. Abendluft wehte herein, weich wie das Seidensamt-Cape ihrer Großmutter. Hoch über dem Autodach flogen drei Glockenklänge und begrüßten den ersten Stern.

Gestern war sie zweiundzwanzig Jahre alt geworden. Seit sie Bojan kannte, kam ihr jede Zeiteinheit wie eine Ewigkeit vor.

Zum ersten Mal war sie Bojan vor einem Jahr auf dem Flohmarkt begegnet, ausgerechnet zusammen mit ihrer Mutter.

»Wenn man in Wien geboren ist, mag man den Flohmarkt, trotz seines Drecks und seines Gesindels«, sagte ihre Mutter.

Sie waren vor der U-Bahn-Station Kettenbrückengasse verabredet; natürlich auch, weil sich ihre Mutter verpflichtet fühlte, nach dem Rechten zu sehen. Niemand in der Familie verstand, warum sie als einzige Tochter beschlossen hatte, noch vor der Matura von zu Hause auszuziehen. »Wo wir doch so schön wohnen!«

Die Luft unter dem grauen Himmel war dunstig.

Sie trug ihr schwarzes T-Shirt, dazu enge schwarze Jeans, den alten beigegrauen Staubmantel ihres Großvaters, in den sie Schulterpolster genäht hatte, und ihre Lieblingsschuhe: flache Halbstiefel aus schwarz glänzendem Stretchleder, die vorne spitz zuliefen.

Wie jeden Samstag schoben sich endlose Menschenkarawanen auf den Gehsteigen vorbei. Sie verwünschte den Moment, an dem sie beschlossen hatte, das Treffen diesmal *nicht* abzusagen. Selbst jemand, der länger geschlafen hatte als sie heute Nacht, würde sich hier beengt fühlen. Sie nahm ein paar tiefe Atemzüge, damit sich ihr Kreislauf stabilisierte.

Links von ihr, etwa drei Meter entfernt, ging gerade ein junger Mann in die Hocke, lange Haare, Augen geschlossen, wie in Zeitlupe, mit dem Rücken an die Mauer gelehnt. Wahrscheinlich ein Junkie. Auch sie hatte erst gestern Abend auf der Toilette eines Clubs *H* genommen; nicht geschossen, nur geschnupft.

Auf dem Boden neben dem Junkie stand ein Kassettenrekorder, aus dem jetzt *Heroes* von David Bowie dröhnte.

»I, I will be king … And you, you will be queen …«

Der satte Gitarren- und Synthesizer-Sound flog an die gekachelten Wände, hallte von dort wieder zurück und erfüllte den gesamten oberen Bereich der U-Bahn-Station, einschließlich seiner Trafik und Toilettenzugänge.

»We can beat them, just for one day … We can be heroes, just for one day …«

»Deine Schuhe sind so spitz, dass sich dein Vater damit die Pfeife stopfen könnte«, sagte ihre Mutter, die plötzlich vor ihr stand und kopfschüttelnd ihre Stiefel begutachtete.

Sie schlenderte zwischen den Standreihen hindurch und betrachtete das Angebot an Motorradjacken und Armeemänteln, während ihre Mutter in Kartons nach Art-Dèco-Türgriffen mit den richtigen Maßen suchte.

Ihr Blick fiel auf einen Stapel alter Micky-Maus-Bücher, die auf einem Tapeziertisch neben gebrauchten Plastikspielsachen lagen. In ihrer Volksschulzeit hatte sie nichts lieber getan, als Micky-Maus-Bücher zu lesen. Nur jede zweite Doppelseite war in fröhlichen Farben gedruckt, die Schwarzweißseiten dazwischen wollte sie immer gleich überblättern. Als sie die vierte Klasse besucht hatte – daran musste sie jetzt beim Anblick der bunten Zeichnungen denken –, war ihre Mutter mit ihr in die Berge gefahren, gegen den Willen des Vaters. Dort oben, entlang der Roten Wand, hatten sie die dunstenden Blumenwiesen etwas in ihr zur Ruhe kommen lassen; an der Hand ihrer Mutter, die gesungen hatte; und überhaupt viel fröhlicher gewesen war als zu Hause neben dem Vater.

Sie ging weiter und betastete die schweren, brüchigen Lederjacken, die an einem Ständer hingen. Am liebsten hätte sie sich eine gekauft, ließ es dann aber bleiben. Sie war nur einen Meter sechzig groß und hätte das Gewicht schwer tragen können.

Seitdem sie von zu Hause ausgezogen war, trug sie meistens gebrauchte Männerkleider, die sie aus dem Lager der Volkshilfe oder vom Flohmarkt besorgte. Den ganzen Plunder von daheim, die Blusen, Schottenröcke und Samtkleider hatte sie dort gelassen. Alles, hatte sie damals zu sich selbst gesagt, nur nicht als Döblinger Hausfrau enden. Etwas anderes als dieser radikale Schlussstrich war ihr nicht eingefallen.

Die Wolkendecke riss auf.

Innerhalb weniger Minuten ergoss sich die Sonne über das gesamte Wiental.

Jetzt blendete sie der Anblick des verchromten Radiozubehörs und der alten Silberkannen. Zum ersten Mal hatte die Luft jenen satten Geruch, der die Kastanienblüte und die kommenden Sommerhitzen ankündigte. Zwei Zigeunerinnen in bunten Röcken hatten auf einem Tuch am Boden Stoffballen verteilt und priesen ihre Ware an.

Sie bahnte sich einen Weg an ihnen vorbei zu den dahinterstehenden Kleiderständern. Armeejacken, Anzüge und alte Dirndl hingen dicht aneinandergedrängt. Sie strich mit den Fingern darüber. Als sie hinuntersah, fiel ihr ein Paar schwarze Herrenschuhe auf, die spitzer waren als alle, die sie bisher gesehen hatte.

»Schau, genau solche Schuhe möchte ich in meiner Größe finden.«

Sie wollte sich gerade nach ihrer Mutter umsehen, als sich die Stoffe in der Mitte des Kleiderständers wie ein Vorhang teilten und dahinter ein Mann zum Vorschein kam. Jetzt erst verstand sie, dass in den Schuhen jemand drinstand.

»Wenn du willst, kann ich dir genau solche besorgen«, sagte der Mann, und seine Aussprache erinnerte sie an Gesänge aus einem fernen, unbekannten Land.

Wo war eigentlich ihre Mutter geblieben?

Die Sonne blendete jetzt noch stärker. Sie musste den Blick abwenden, und als sie wieder hinsah, zuerst auf die Schuhe und dann weiter hinauf bis zu seinen Augen, war ihr, als hätte sich ein Fenster aufgetan, und dahinter glitzerte das adriablaue Meer.

Für einen kurzen Moment hörte sie nichts als Möwengeschrei.

Es grenzte ans Wunderbare.

Dann ging der Ton wieder an, und in dem Moment, in dem die Flohmarktgeräusche einsetzten, hörte sie parallel dazu eine Stimme in ihrem Inneren, eine Stimme, die sie nicht bestellt hatte: »Von diesem Mann wirst du ein Kind bekommen.«

Ihre Mutter stand wieder neben ihr und sah sich irritiert um.

»Komm, lass uns weitergehen«, murmelte sie und zog sie am Arm.

»Ich heiße Bojan«, sagte der Mann noch schnell und steckte ihr einen Zettel zu, auf den er mit Bleistift seine Telefonnummer geschrieben hatte.

Vom Rest dieses Tages wusste Vie nicht mehr viel. Nur, dass sie beschlossen hatte, keine dieser blöden, leichtgläubigen Gänse zu sein und ihn anzurufen. Drei Straßen weiter hatte sie den Zettel mit Bojans Nummer in den Kanal geworfen.

2

Am Morgen des 24. Dezember wachte Valerie in ihrem Bett auf und konzentrierte sich auf die entfernten Geräusche, die durch die doppelten Fenster ihrer Altbauwohnung zu hören waren. Der übliche Verkehrslärm fehlte, viele Leute im Bezirk waren schon in die Weihnachtsferien gefahren. Wer sein Auto jetzt noch unten stehen hatte, würde es heute nur von dort wegbewegen, um abends zu einer Einladung zu kommen.

Die meisten werden sich aber wohl lieber ein Taxi nehmen, dachte sie, um ohne Angst vor einer Polizeikontrolle trinken zu können.

Sie schloss noch einmal die Augen. Eine heilsame Ruhe breitete sich aus, sowohl draußen in der Stadt als auch in ihrem Inneren.

Seit gestern Abend war sie untergetaucht.

Sie lag ausgestreckt auf dem Rücken und bewegte ihre Zehen. Dann ließ sie langsam ihre Füße kreisen, zuerst nach innen, dann nach außen. Ihre Physiotherapeutin hatte ihr beigebracht, dass man seinen Körper morgens am besten langsam in Schwung bringt.

»Machen Sie sich nichts draus. Diese Morgensteifheit ist ab einem gewissen Alter ganz normal.«

Sie war neunundvierzig, und wahrscheinlich musste sie sich langsam daran gewöhnen, dass sie in diesem gewissen Alter war.

Zum Abschluss streckte sie ihre Arme, dann drehte sie sich noch einmal auf die Seite. Unten fuhren zwei Autos im Schritttempo durch die Gasse; vielleicht parkte eines davon auch ein. Irgendwo fiel eine Haustür ins Schloss.

Sie hätte es gemütlich gefunden, wenn jetzt ein Schneepflug zu hören gewesen wäre. Das gleichmäßige Schaben der Schneeschilde verlieh dieser Jahreszeit etwas Feierliches; in diesem Winter hatte es allerdings noch nicht geschneit, und den ausführlichen Wetterberichten in Radio und Fernsehen zufolge würde es auch in den nächsten Tagen so bleiben.

Offiziell befand sie sich seit gestern auf den Kanarischen Inseln, genauer gesagt auf Fuerteventura, zu Besuch bei einer Freundin, die sie über die Feiertage eingeladen hatte. Aus diesem Grund konnte sie heute ungestört liegen bleiben, wenn sie wollte, den ganzen Tag.

Bis zum zweiten Jänner würde sie niemand vermissen.

Für ihre angebliche Urlaubsreise wurde sie im Büro von vielen beneidet.

»Einmal nicht den üblichen Familienwahnsinn rund um Weihnachten durchstehen müssen. Mein Güte, muss das schön sein! Aber so mutig bin ich nicht, es würde meinen Eltern das Herz brechen«, sagte ihre Assistentin, während sie noch einmal gemeinsam den Jahresabschlussbericht durchgingen, der Anfang Jänner fertig gedruckt an alle Vorstandsmitglieder und Aktionäre verschickt werden musste.

Um fünf Uhr am Nachmittag hatte Valerie endlich alles abgearbeitet, was vor ihrem Urlaub erledigt werden musste. Sie war gerade dabei, ihr Büro zuzusperren, als ihr René Welsch, *Immobilien Developer* und ihr Vorgesetzter, auf dem Gang entgegenkam.

»Aber du wirst dort hoffentlich erreichbar sein«, rief er ihr zu.

Sein Mobiltelefon, das er wie immer in seiner rechten Hosentasche mit sich trug, klingelte. Er nahm es heraus, sah kurz auf das Display und drehte den Ton ab. Dann erst blieb er stehen und sah sie fragend an.

»Es wird mit dem Empfang etwas schwierig sein, aber grundsätzlich ja«, sagte sie.

Die Zusammenarbeit mit ihrem Chef war in den letzten Wochen so anstrengend gewesen, dass sie es jetzt nicht über sich brachte, ihm schöne Feiertage zu wünschen. Valerie zwang sich zu einem kurzen Lächeln, dann ließ sie ihn vor ihrer Bürotür stehen und ging zum Lift.

Als sie mit ihrem Wagen aus dem Parkhaus kam und die Rampe hinauffuhr, um sich in die vierspurige Straße einzureihen, musste sie bremsen. Auf dem Gehsteig tauchte ein alter Mann aus der Dunkelheit auf und begann, ohne sein Gesicht nach links oder rechts zu wenden, die Fahrbahn zu überqueren. Mehrere Autos wichen hupend aus. Offensichtlich konnte er nicht anders – Valerie sah, dass er beim Gehen sein linkes Bein nachzog. Wie in Zeitlupe schleifte er nach jedem Schritt seinen linken Schuh über den Asphalt. Der Mann trug einen schwarzen Anorak, auf dem hinten in großen goldfarbenen Buchstaben *Roy* stand, darüber waren die Überreste einer Krone zu erkennen, zwei Zacken waren schon ganz abgewetzt. Unter dem Anorak leuchtete ein weißes Hemd hervor, das ihm fast bis zu den Knien reichte. Die spärlichen grauen Haare hatte er zu einem Knoten zusammengebunden. Er könnte beides sein, dachte Valerie, ein Alt-Hippie oder ein Moslem-Fundi, wie ihre Tochter diese neuen Fanatiker nannte.

Ob sie irgendwann auch so langsam gehen würde? Ob auch sie im Laufe der Zeit vertrocknen würde? Endlich war der alte Mann auf der anderen Hälfte der Straße angelangt. Sie verwarf den Gedanken und fuhr los.

Auf dem Nachhauseweg parkte sie im Halteverbot und kaufte im Supermarkt Nudeln, Reis, Gläser voller Suppen und verschiedener Saucen, dazu mehrere Flaschen schwerer italienischer Rotweine sowie Äpfel, Nüsse, Zimtsterne und Schokolade ein.

Die gesamte Stadtbevölkerung schien hysterisch letzte Vorräte zu besorgen, sie musste an der Kassa in einer langen Schlange warten. Als sie endlich dran war und die Sachen eilig aufs Band legte, rutschte ihr ein Glas mit Tomatensauce aus der Hand. Es zersprang mit einem dumpfen Knall auf dem Steinboden vor ihren Füßen. Erschöpft sah die Frau an der Kasse durch sie hindurch und drückte auf eine rote Taste neben dem Kassenband, darauf ertönte über Lautsprecher in der ganzen Halle ein schriller Klingelton. Ein Mitarbeiter erschien und kam kurz danach mit einem Wasserkübel und einem Wischmop zurück.

Valerie murmelte mehrere Entschuldigungen, während sie bezahlte und ihre Einkäufe in drei Bananenschachteln packte. Dann verstaute sie alles in ihrem Kofferraum und fuhr nach Hause.

Natürlich hatte es viele gut gemeinte Einladungen für die Zeit zwischen den Feiertagen gegeben. Aber darauf konnte sie gerne verzichten. Der Grund für ihre Lüge war, dass sie keine Lust hatte, das fünfte Rad am Wagen zu sein, wenn gut gelaunte Menschen zwischen Heiligabend und Silvester ihr Beziehungs- oder Familienleben zelebrierten.

Bea, ihre Tochter, studierte seit drei Jahren in Washington. Der Kontakt zwischen ihnen war immer schwierig gewesen, doch nach einem weiteren Streit vor zwei Monaten wollte Bea endgültig nichts mehr von ihr wissen.

»Es war für uns noch nie möglich, ein wirkliches Gespräch miteinander zu führen. Deshalb verzichte ich lieber gleich darauf, genauso wie auf dein Geld«, hatte Bea in den Hörer geschrien. Dann hatte sie aufgelegt, und Valerie hatte einen kurzen Stich in der Brust verspürt. In Wirklichkeit jedoch war sie nicht überrascht, und das erschütterte sie am meisten daran.

Valerie hörte, wie der Boiler im Badezimmer hochfuhr und sich die Heizung einschaltete. Sie döste noch ein paar Minuten vor sich hin, dann stand sie auf, schlüpfte in ihren Bademantel und ging in die Küche.

Für ihre Auszeit hatte sie sich nichts Besonderes vorgenommen. Sie wollte einfach zur Ruhe kommen und von niemandem belästigt werden.

Außerdem, dachte sie, wäre es eine gute Idee, ein paar Tage lang das Internet auszuschalten. Wenn man als Single lebte, lief man Gefahr, jedes Mal enttäuscht zu sein, wenn keine Mails oder Facebook-Nachrichten von Menschen reinkamen, die einem etwas bedeuteten. Oder von vielversprechenden Bekanntschaften, die einem in Zukunft etwas bedeuten könnten.

Bea würde ihr ohnehin nicht schreiben. Und von Clemens, mit dem sie seit fünf Jahren ein sporadisches Verhältnis pflegte, würde sie wohl auch nichts mehr hören. Vor einigen Monaten hatte sie ihm zum Geburtstag eine SMS geschickt: »Ich denke an Dich und wünsche Dir von ganzem Herzen alles Gute.« Drei Stunden später bekam sie ein Mail von ihm: »Ich habe mich mittlerweile zu oft nach Deiner Gunst gesehnt. Spar Dir in Zukunft bitte Deine bedeutungslosen Wünsche.«

Vielleicht war es besser so. Herzklopfen oder weiche Knie hatte sie in seinen Armen nie gehabt.

Sie füllte gemahlenen Kaffee in die kleine italienische Espressomaschine und stellte sie auf die heiße Herdplatte. Als es zu zischen begann, zog sie die Kanne herunter und goss den dampfenden Kaffee in eine Tasse. Sie schaltete den Herd ab, dann ging sie ins Wohnzimmer und setzte sich mit der wärmenden Tasse zwischen den Händen auf das Sofa. Ihr Laptop stand vor ihr auf dem Couchtisch. Sie fand, dass die Internetpause, die sie sich selbst auferlegt hatte, ihr auf jeden Fall guttun würde. Aber ein letztes Mal konnte sie wohl nachsehen, was sich draußen in der Welt so tat.

Die Aufmachergeschichte auf Spiegel online war eine Reportage über den Tempelberg in Jerusalem. Sie klickte die ORF-Seite an. Die Wettervorhersage für Wien war unbestimmt – von trocken bis nasskalt war in den nächsten Tagen alles möglich.

Sie machte Facebook auf. Eine ganze Reihe von Leuten hatten Weihnachtswünsche auf die Pinnwand gestellt. Oben in der Leiste leuchtete eine Freundschaftsanfrage auf. Sie war von einem Mann namens Boj – *Keine gemeinsamen Freunde* stand darüber.

Hinter der geschlossenen Wohnungstür bellte der Hund ihrer Nachbarin.

Sie klickte mit dem Cursor auf den Namen und kam auf die Seite von diesem Boj. Ihr Blick fiel auf das Profilfoto. Obwohl sie das Gesicht seit sechsundzwanzig Jahren nicht mehr gesehen hatte, erkannte sie seine Augen sofort.

Täuschte sie sich? Nein, es bestand kein Zweifel: Die Freundschaftsanfrage kam von Bojan.

3

Nach ihrem Besuch auf dem Flohmarkt hatte sie Bojan vergessen.

Sie kam zurück in die Wohnung, in der sie ein straßenseitiges Zimmer zur Untermiete bewohnte; Mobiliar aus glänzendem Kirschholz; handbemaltes Porzellan; fremde Portraits in Goldrahmen an der Wand. Die Besitzerin der Wohnung, deutscher Adel, ohne Geld, war ständig auf Reisen, auf der Flucht vor ihrer eigenen Herkunft, quer durch Uruguay, Sardinien und den Peloponnes.

Unbeobachtet hätte sie sich, als ihre Untermieterin, auf der ganzen Etage mit zwei Salons, Küche, Speisekammern und großem Marmorbad ausbreiten können; wie eine Schlingpflanze, die nach immer mehr Raum und Sauerstoff verlangt, um sich innerhalb eines Sommers tausendfach zu teilen und über den ganzen See auszudehnen. Aber sie verfügte über keinen inneren Kern.

Alles auf den kleinsten Nenner heruntergerechnet.

Sie kam zurück in die Wohnung, und das Fernsehgerät, das sie nie einschaltete, war umgeben von einem Lichtschein.

Sie kam zurück in die Wohnung, und der Topf leuchtete in der Kochnische; seine flimmernde Aura deutete darauf hin, dass er mehr war als ein bloßer Festkörper; ein Topf und etwas Brennendes, Unversöhnliches.

Und es gab Tage, da musste man das alles ausmerzen, hinter die Sperrlinie zurücktreten. Kleine gelbe Pillen, die sie aus der Medikamentenlade ihrer Mutter entwendet hatte, halfen ihr dabei. Fleischloses Essen (brauner Reis,

Knoblauch, Karotten, Sojasauce, unfermentiert) half ihr dabei. Heroin half ihr dabei.

Ein ständiges Flüstern war in ihr:

»Ich bin allein.«

»Du musst zuerst die Matura nachholen«, hatten ihre Eltern gesagt und überwiesen ihr dafür monatlich Geld.

»Ohne Matura bist du nichts.«

Zu Beginn des Semesters fuhr sie in die Abendschule. Sie sprang auf Straßenbahnwaggons und wieder ab; stolperte auf den letzten Metern über ihre zu großen Herrenschuhe. Sie betrat das Gebäude, ging in das Klassenzimmer hinein und setzte sich mit Kugelschreiber und Heft in eine Bank.

Aber sie verstand nichts von dem, was ihr in diesem Institut vorgetragen wurde; was seine Lehrer antrieb; warum sie hier und nicht an einer normalen Schule beschäftigt waren. Mathematik, Physik, Chemie; genauso gut hätten sie ihre Formeln in Hieroglyphenschrift an die Tafel schreiben können.

All diese Erwartungen.

Ihre Cousine, die nur drei Straßen weiter wohnte und die sie manchmal besuchte, studierte unablässig; Altgriechisch, Völkerkunde. Aber sie: eine Leerstelle, ein einziger blinder Fleck.

Sie gab vor, sich auf Prüfungen vorzubereiten. Aber mit der Zeit ließ sie sich immer öfter krankschreiben, zuerst nur ein paar Tage, dann wochenlang.

Irgendwann meldete sie sich ab.

Stattdessen lächelte sie Conny an, den Türsteher vom U4, um schneller hinunter in den Keller gelassen zu werden; sie beobachtete Trinker und Fixer, Schausteller und Spieler, Fürsten und Königinnen; Helmut Lang und Falco, die am Rand der Tanzfläche an Säulen lehnten. Falco, mit seiner schwarzen Ray-Ban-Sonnenbrille, in der sich das Stroboskop-Gewitter spiegelte.

Möglicherweise, dachte sie, kannte irgendeiner von ihnen Wege, die an Raststätten vorbeiführten, in denen auch sie zur Ruhe kommen würde.

Eine Suppe in sich hineinlöffeln und sagen können: Ich bin das, und ich bin das.

Aber so wenig, wie ihre vor sich hin dämmernde Mutter greifbar war; sich vor den strengen Blicken des Vaters zurückziehend (im Bett, auf der Chaiselongue, im Garten); so wenig spürte sie ihr eigenes Ich. Ihre Beine mit den spitzen, beim Aufstehen knacksenden Knien; ihre Hände mit den kurzen eckigen Fingern, die aussahen wie die eines kleinen Kindes; ihre dunklen Haare, die ihr in Strähnen über die viel zu früh gewachsene Brust fielen.

War sie schön?

Einmal war ein Freund ihres Vaters, sein Tennispartner, zum Abendessen gekommen. Nach dem Kaffee verabschiedete er sich von ihren Eltern und blieb draußen vor dem Haus auf dem Kiesweg stehen; beobachtete sie im Schutz der Dunkelheit durch ihr Schlafzimmerfenster; sah ihr zu, wie sie ihr Nachthemd überzog und ihre langen Haare zusammenband. Nachdem sie das Licht ausgelöscht hatte, hatte sie ihn plötzlich draußen im Garten stehen sehen.

Nein, schön war sie natürlich nicht, mit ihrem ungelenken Körper. Und wie ungeschickt sie immer war! Abgebrochene Henkel, zerschlagene Tassen, berstendes Glas. Ständig zerfielen ihr die Dinge unter der Hand.

Eines Nachts machte sie sich zurecht, ungeachtet all dessen. Sie nahm eine Schere und bearbeitete ein langes weißes T-Shirt, bis es ihren Vorstellungen von einem interessanten Kleidungsstück entsprach. Sie trennte die Ärmel ab und schnitt aus dem hinteren Teil fast den gesamten Stoff heraus. Als sie es überzog, reichte der Ausschnitt bis zu den unteren Wirbeln ihres Rückens. Sie bemalte ihre Augenlider mit Kajal. Dann schlüpfte sie in ihre schwarzen Jeans, in ihre spitzen Halbstiefel und nahm ihre Lederjacke über den Arm.

Sie verließ die Wohnung und wartete unten auf der Straße, bis Günter vorbeikam und sie abholte.

»Kraftwerk sind in der Stadt. Verstehst du, Kraftwerk! Die werden nach ihrem Konzert sicher noch wohin gehen«, sagte er.

Günter war ihr bester Freund; klein und schwammig und bleich wie Wandfarbe; mit schwarz gefärbtem Haar und lila Augenringen. Wenn er keinen Job hatte, was meistens der Fall war, dealte er mit Heroin. Manchmal, wenn sie beide zugedröhnt waren, schlief sie mit ihm.

Sie gingen zur nächsten U-Bahn-Station und fuhren in die Innenstadt. Ein paar Wirtshäuser mussten abgeklappert werden. Während Günter in Hinterzimmern und Innenhöfen seine gefalteten Papierbriefchen loswurde, stellte sie sich an die jeweilige Bar und trank Gin Tonics auf seine Rechnung.

»Hat jemand von euch eine Ahnung, wo die Leute von Kraftwerk heute noch hingehen?«, fragte er einen Kellner.

Später kam er von einer Toilette und sagte:

»Angeblich waren sie gerade im *Schoko* und kommen jetzt ins *Ring*.«

»Und was machst du, wenn du sie triffst?«, fragte sie.

»Keine Ahnung, dann schenke ich ihnen vielleicht ein Gramm.«

Sie stand im *Ring*. Blaue Neonröhren an den Fußleisten beleuchteten von unten die Gesichter der Gäste. Durch die hohen Glasscheiben blinkten Ampeln im Rhythmus der Bässe; Autoscheinwerfer durchzogen die schwarze Nacht. Irgendwo war Günter, aber wo genau, war ihr inzwischen egal.

Am Beginn ihrer Lokaltour hatte sie eine ganz kleine Line Heroin am Klo geschnupft, jetzt war sie nicht mehr sicher, ob sie überhaupt eine Wirkung spürte.

Sie bestellte noch einen Gin Tonic.

Sie fühlte sich wohl, an der Theke lehnend, zwischen den vielen anderen. Manchmal streifte eine Flasche oder ein kaltes Glas ihren nackten Rücken. Die Eiswürfel in ihrem Getränk fingen das Licht der Neonröhren auf und leuchteten blau. Aus mannshohen Lautsprechern klang: *Ich möchte ein Eisbär sein im kalten Polar.* Noch so ein Sound der Stunde.

Günter tauchte wieder auf und mit ihm ein paar Leute, die sie nicht kannte. Einer davon war ein Mann von mittlerer Größe, der sich tanzend zwischen den anderen hin und her bewegte, dabei auf das eigentümlichste mit seinen Armen durch die Luft fuhr und ohne Unterbrechung redete. Etwas Flirrendes, Quecksilbriges ging von ihm aus. Sie stellte ihr halbvolles Glas zurück auf die Bar.

Alkohol. Lärm.

Möglicherweise hatte sie schon längst genug von allem.

»Wir gehen noch alle auf einen Tee zu mir ins Atelier. Kommt ihr mit?«, schrie der bewegliche Mann gegen die Musik an. Sein Blick durchstieß eine Barriere und drang in ihre Augen ein.

Sie wandte sich ab und sah Günter, der kurz den Kopf schüttelte und sich entfernte, um jemanden zu begrüßen, der weiter weg von ihnen stand. Ihr war kalt geworden unter dem blauen Neonlicht. Etwas in ihr drängte nach Veränderung. Sie nahm ihre Lederjacke und ging mit den anderen mit.

Sie betraten eine Wohnung, die, soviel in der Dunkelheit zu erkennen war, aus unendlich vielen, ineinander übergehenden Räumen zu bestehen schien. Der größte von ihnen war leer, bis auf ein paar Sitzkissen in der Mitte; dahinter waren zwei Säulen. Vie hatte das Gefühl, im Hauptschiff einer Kathedrale zu stehen. Entlang der rechten Wand befanden sich sechs hohe zweiflügelige Fenster; sie starrten wie schwarze Augenpaare in den Saal.

Außer ihr waren noch zwei Frauen und ein Mann mitgekommen. Sie setzten sich auf die Polster am Boden, während der bewegliche Mann ein paar Kerzen anzündete. Dann ging er nach hinten und machte Tee. Als er zurückkam, stellte er vor ihren Füßen ein silbernes Tablett ab und ließ sich im Schneidersitz auf dem blanken Holzboden nieder.

Er begann zu sprechen.

Aus seinem Mund kamen Laute, die, halb gesungen, halb gesprochen, wie ein nachlässig vorgetragenes Schlaflied klangen. Wie sonderbar er einzelne Vokale dehnt, dachte Vie und erinnerte sich an die Brieftauben auf dem Dach gegenüber ihrem Untermietzimmer, wie sie nach jeder Heimkehr zufrieden gurrten – und dann fiel es ihr wieder ein.

»Aber ich kenne dich. Dein Name ist Bojan. Wir sind uns schon einmal auf dem Flohmarkt begegnet«, unterbrach sie ihn.

»Soso«, sagte er und sprach unbeeindruckt weiter.

Sie hörte ihn von seiner Heimatstadt in Jugoslawien erzählen; vom großen Don, der in alten Zeiten über allem stand; von ungezähmten Wölfen mit schwarz glänzendem Fell; von verschlossenen Türen, hinter denen das Herz auf Befreiung wartet.

Er sprach und sprach und sprach. Nie wusste man, wann er Worte lauter ausrufen, wann er sie nur flüstern würde. Manchmal überschlug sich seine Stimme am Ende eines Satzes. Dann wieder klang es, als würde er einen Begriff wie ein Stück süßen Pfirsich im Mund herumschieben. Manchmal wiederholte er denselben Begriff, und dann war es, als würde er ihn eilig ausspucken.

Sie lauschte seinen Sätzen, doch deren Sinn erschloss sich ihr nicht. Die anderen schwiegen.

In ihrem Kopf begann sich alles zu drehen.

Jemand öffnete ein Fenster. Ein Rauschen setzte ein; dahinter musste ein Park oder ein Garten mit Bäumen liegen. Es gab keine Vorhänge, trotzdem schienen mit der kühlen Luft schwarze Schleier hereinzuwehen.

Irgendwann standen der Mann und die beiden Frauen auf, um zu gehen. Vie wollte sich ihnen anschließen, doch sie brauchte eine Ewigkeit, bis sie in dem dunklen Vorraum ihre Lederjacke fand. Plötzlich waren sie allein.

»Also dann, auf Wiedersehen«, sagte sie.

Wortlos sah Bojan durch sie hindurch. Dann machte er, aus dem Nichts, wie eine Katze zum Sprung ansetzt, einen Schritt auf sie zu. Er holte mit seinem rechten Arm aus, umfasste ihre Taille und zog sie mit festem Griff an sich heran. Ein scharfer, betörender Geruch lag in der Luft. Sie versuchte innezuhalten, um seine Bewegung zu verstehen, doch er bog mit der linken Handfläche ihre Schulter zurück und drückte seinen Mund auf den ihren.

Als würden feine Äste in ihrem Inneren umknicken.

Seine Zunge presste sich zwischen ihre Lippen. Ein Holz nach dem anderen gab unter der Oberfläche nach.

Er knöpfte ihre Jeans auf. Sie spürte seine Hand unter ihrem Slip; seine Finger zwischen ihren Beinen. Die letzten Zweige brachen.

Er zog sie an der Hand zurück in den Saal. Ganz hinten stand ein schmales Kanapee, das ihr vorhin nicht aufgefallen war. Wortlos drückte er sie darauf und streifte ihr Stiefel, Jeans und Slip ab. Dann legte er sich auf sie.

»Es ist ein Fehler«, war der erste Gedanke, der ihr durch den Kopf ging, während er in sie eindrang und durch langsame mechanische Bewegungen ihr Becken gefügig machte. Die Kerzen waren inzwischen ausgegangen, doch ihre Augen hatten sich an die Dunkelheit gewöhnt. Schwarze Locken verdeckten sein Gesicht. Weit weg rüttelte der Wind an einem Fenster. Sie versuchte, sich mit der Hand an der Wand abzustützen, ertastete deren Beschaffenheit. Dann trat sie aus sich heraus und segelte hinauf auf die Decke. Von dort hatte sie Bojan und sich zugesehen.

4

Valerie klappte ihr Laptop zu, stellte die Kaffeetasse in die Küche und ging unter die Dusche. Sie ließ das heiße Wasser so lange an sich herunterlaufen, bis die Haut zwischen ihren Fingern ganz aufgeweicht und weiß war. Benommen vom Dampf stieg sie heraus, trocknete sich ab und cremte Arme und Beine mit Feuchtigkeitslotion ein. Dann zog sie sich eine alte Sporthose und ein bequemes Sweatshirt an.

Sie hatte vorgehabt, den ganzen 24. Dezember mit illegal heruntergeladenen Fernsehserien zu verbringen. Jetzt hatte Bojan ihre Pläne über den Haufen geworfen. Das hatte er schon früher am besten gekonnt.

Sie setzte sich auf das Sofa im Wohnzimmer und klappte das Laptop wieder auf. War sie nicht längst an einem Punkt angelangt, an dem ihr die Vergangenheit nichts mehr anhaben konnte? Sie wollte sich ihre Ferientage nicht von Bojan verderben lassen. Trotzdem klickte sie noch einmal sein Profil auf Facebook an. Einige Fotos und Einträge waren öffentlich gestellt; die konnte sie auch sehen, ohne seine Freundschaftsanfrage zu bestätigen.

Er war dreizehn Jahre älter als sie. Als sie sich kennengelernt hatten, war er fünfunddreißig gewesen; noch ziemlich jung, von heute aus betrachtet; aber schon damals hatte er Probleme mit dem Älterwerden gehabt. Seine Haare hatten begonnen auszufallen. Und einige Mädchen hatten ihm jüngere Burschen vorgezogen.

Tatsächlich trug er auf allen Fotos, die sie auf seiner Seite sehen konnte, einen Filzhut oder eine schwarze Kappe. Auf dem obersten war er allein, gleich darunter inmitten einer Gruppe von Menschen. Um was es dabei ging, war für Valerie schwer auszumachen. Möglicherweise handelte es sich um irgendeinen Workshop.

Auf dem Bild eines anderen Postings sah man ihn am Steuer eines pistaziengrünen Oldtimers sitzen – sie kannte die Marke nicht.

Keine Ortsangaben, keine Reisefotos, wenig Likes. Alle Beiträge waren auf Deutsch oder Englisch, kein Wort Serbisch. Es gab sogar ein kurzes, dilettantisch gedrehtes Video; darauf hielt er eine Trommel zwischen den Beinen und machte mit ein paar anderen Männern Musik. Insgesamt wirkte der Account wie die Seite von jemandem, der mit digitalen Medien nicht besonders vertraut war.

Valerie brauchte eine kurze Pause. Sie stand auf, ging zum Fenster und sah durch die Scheiben hinaus. Graue Wolken hingen dicht über den Dächern. In den gegenüberliegenden Häusern war es fast überall dunkel, nur hie und da brannte ein Licht. Es war jetzt zwölf Uhr. In allen Kaufhäusern und Boutiquen würde in einer Stunde Ladenschluss sein, auch im Supermarkt um die Ecke. Sie war froh, dass sie heute nicht mehr hinausmusste. So lief sie auch nicht Gefahr, irgendwo »Jingle Bells …« oder »Stille Nacht …« zu hören.

Sie ging ins Schlafzimmer, nahm ihr Mobiltelefon vom Nachttisch, das dort seit gestern Abend gelegen hatte, und schaltete den Flugmodus aus. Heute war Weihnachten; auch wenn alle glaubten, dass sie auf den Kanarischen Inseln war, würden ihr sicher ein paar Leute ein SMS schicken. Sie setzte sich wieder auf die Couch und wartete. Es hatte ihr niemand geschrieben.

Sie wollte einen letzten Blick auf sein Facebook-Profil werfen und legte das Telefon neben den Computer. Es war lächerlich, dachte sie, dass er sich jetzt Boj nannte. Freunde ihrer Eltern hatten ihren Sohn Osama getauft – *das* war ein schwieriger Name in der heutigen Zeit. Ihre Mutter hatte erzählt, dass dieser Osama mittlerweile als Arzt arbeiten würde und eine Namensänderung beantragt hätte.

Natürlich konnten die wenigsten Österreicher den Namen richtig aussprechen. Bevor er sie korrigierte, sagten sie *Bo-schan* statt *Bo-ie-an*. »Und woher kommen Sie?«, wurde er danach immer gefragt. Was folgte, war eine abenteuerliche, verwirrende Geschichte von russischen Vätern und französischen Großmüttern; das Wort *Jugoslawien* kam in dieser Geschichte nie vor; Vie, wie sie sich damals noch nannte, nahm dieses Märchen – Einzelheiten waren mal so und mal so angelegt – als originelle Halbwahrheit zur Kenntnis. Er war in ihren Augen ja auch viel mehr als das, was irgendwelche Idioten abfällig einen *Jugo* nannten.

Zu Hause, unter vier Augen, hatte er manchmal von Belgrad erzählt. Sie konnte damit nicht viel anfangen. So wie Düsseldorf oder Klagenfurt war Belgrad für sie bloß eine weitere Stadt, in der sie noch nie gewesen war und in die sie wahrscheinlich auch niemals fahren würde.

Jetzt fiel ihr wieder die kleine flache Dose ein. Sie stand auf, ging in ihr Schlafzimmer und öffnete den Kleiderschrank. Hinter Tüchern und Schuhen stand eine runde Hutschachtel. Früher hatte ihre Großmutter darin ihre Sommerhüte aufbewahrt.

Valerie zog die Schachtel aus dem Schrank, stellte sie auf den Fußboden und nahm den Deckel ab. Steine, Muscheln, Tagebücher, alte Schlüsselanhänger – sie ließ die einzelnen Gegenstände durch ihre Finger gleiten, Dinge, für die sie keine Verwendung mehr hatte, aber von denen sie sich aus nostalgischen Gründen nicht hatte trennen wollen.

Ganz unten, zwischen zwei Feuerzeugen, lag die Dose, nach der sie gesucht hatte. Ihre Oberseite war aus bemalter Keramik. Sie drückte auf den kleinen Messingknopf an der Seite, und der Deckel sprang auf. Ein Büschel dunkle Haare und mehrere abgeschnittene Fingernägel kamen zum Vorschein. Sie waren von Bojan.

Eines Nachmittags, nachdem er ausgiebig gebadet, sich gepflegt und rasiert hatte, hatte sie sich gebückt und seine Haare und Nägel eingesammelt. Für alle Fälle. Als Material für einen Zauber. Vielleicht würde der Tag kommen, so dachte sie damals, an dem sie sich zur Wehr setzen musste. Zum Beispiel mit einem Ritual. Bojans Mutter hatte ihr einmal erzählt, dass solche Dinge funktionierten.

Jemand, der sich mit magischen Beschwörungen und Flüchen auskannte, würde damit sicher noch arbeiten können, dachte sie. Aber dann verwarf sie den Gedanken. Sie war heute eine andere. Und es gab vernünftigere Wege, sich jemanden vom Leib zu halten. Sie drückte den Deckel zu, bis er einrastete. Dann ging sie in die Küche und warf die Dose in den Mülleimer. Sie würde den Plastiksack mit dem Müll noch heute entsorgen.

Inzwischen hatte sie großen Hunger bekommen. Sie beschloss, sich ein weiches Ei und ein paar Butterbrote zu machen.

Vorher klappte sie noch einmal ihr Laptop im Wohnzimmer auf. Als Bojans Facebook-Seite aufleuchtete, fuhr sie mit dem Cursor nach oben und klickte auf ihrem Account die *Einstellungen* an. Dann ging sie auf *Nutzer blockieren* und trug seinen Namen ein.

Ab sofort konnte sie von ihm nicht mehr kontaktiert werden. Und er konnte auch nicht mehr ihr Profil sehen.

5

»Komm, wir gehen aus«, hatte Bojan gesagt.

»Wohin«, fragte sie; während sie ihre Wohnungstür von außen versperrte; während er sie mit erhobenem Kinn von oben bis unten musterte.

Er lächelte und sagte: »Das werden wir schon noch sehen, Madame.«

Dann tanzte er vor ihr die Stufen hinunter, drehte sich in jedem Stockwerk einmal um die eigene Achse, warf den Kopf zurück und lief lachend weiter. Dass er es wagte, einfach so an den Türen der altehrwürdigen Verwandtschaft ihrer Vermieterin vorbeizuspringen, dachte sie und hatte Mühe, ihm nachzukommen. Da war er wieder, der bewegliche Mann.

Nach ihrer ersten Nacht in seinem Atelier: zwei Wochen lang nichts. Dabei hatte er ihr zum Schluss noch Nummer und Adresse entlockt. Auf Zehenspitzen war sie aus seinem Saal geschlichen und draußen im Vorraum in ihre Sachen geschlüpft. Sie hatte die Klinke der Eingangstür nach unten gedrückt, als er plötzlich neben ihr stand.

»Hast du Telefon? Und wo wohnst du eigentlich?«

Er hielt ihr einen Bleistift und ein Stück Karton hin.

»Hier kannst du alles aufschreiben.«

Beim Hinausgehen sah sie sich vergeblich nach einem Park oder Garten um – das Rauschen hinter den hohen Fenstern, hatte sie sich das vorhin nur eingebildet? –, stattdessen musste sie zwei langgezogene Hinterhöfe durchqueren, vorbei an einem Wohnkomplex mit Hunderten Fenstern und Türen, bevor sie wieder auf dem Gehsteig stand.

Zuerst war sie erleichtert, dass er nichts von sich hören ließ; Bojan und seine sonderbare Bleibe kamen ihr wie eine unlösbare mathematische Gleichung vor. Er würde an der Akademie Malerei studieren, hatte er ihr an diesem ersten Abend erzählt, mittlerweile würde er Zeichnen, Bildkomposition und Farbenlehre unterrichten.

»Wenn du malst, warum gibt es dann hier überhaupt keine Bilder?«, fragte Vie.

»Glaubst du wirklich, dass nur das existiert, was du gerade siehst?«, hatte er gesagt; und dabei war etwas Scharfes durch den Raum geflogen; etwas, das die Melodie seiner Stimme in ihrem höchsten Ton gefrieren ließ.

Bojan meldete sich nicht.

In der ersten Woche ging ihr nichts ab.

Günter kam mit einer Flasche Whiskey vorbei, und sie tranken sie im Laufe einer Nacht leer.

Sie besuchte ihre Großmutter und ließ sich von ihr beim Abschied drei große Geldscheine zustecken.

Sie lag auf der Matratze am Boden ihres Schlafraumes und blätterte in einem Biologiebuch. Sie betrachtete die Zeichnungen von gehäuteten Körpern, von einzelnen Muskelpartien und Organen. Kurz überlegte sie, ob sie vielleicht doch noch die Schule beenden sollte, entschied sich dann aber dagegen.

Sie ging mit Günter aus und lernte einen Amerikaner kennen. Er war achtundzwanzig, lebte in New York und machte Filme. Drei seiner Kurzfilme seien schon auf Festivals gelaufen, erzählte er, daneben arbeite er als Location Scout und Produktionsleiter. Der Amerikaner hatte Lippen wie Mick Jagger und war nur noch zwei Tage in der Stadt. Sie nahm ihn mit nach Hause. Dass sie ihn danach wahrscheinlich nie wiedersehen würde, machte ihr nichts aus; im Gegenteil, dadurch wurde diese Nacht zu etwas Besonderem.

Ihre Vermieterin kam mit glühenden Wangen von einer Reise zurück, packte vier große Lederkoffer aus und gleich wieder ein. Das Himbeerrot ihrer Wangen verlieh ihrem bis dahin stumpfen blonden Haar einen goldenen Glanz.

»Ich werde heiraten und den Rest des Jahres nicht mehr hier sein«, sagte sie und schnappte, während sie lachte, immer wieder nach Luft. »Bitte sei so nett und bring die Post und das Geld für deine Miete einfach bei meiner Mutter im unteren Stock vorbei.«

Vie sah zum Fenster hinaus und beobachtete die gurrenden Tauben auf dem Dach. War das die Lösung? Dass man sich als vierzigjährige Frau wegen seiner bevorstehenden Hochzeit in einen Ausnahmezustand versetzen ließ? Wahrscheinlich dachte ihre Vermieterin, endlich bin ich verlobt und gleich werde ich die Frau von jemandem; jetzt bin ich das.

Als Vie wieder allein in der großen Wohnung war, breitete sie im ganzen Marmorbad ihre Sachen aus. Sie schloss den Abfluss der Wanne und drehte den Wasserhahn auf. Wann und so lange man will ein heißes Bad nehmen, dachte sie; schlafen, so lange man will; seine Eltern belügen und dafür Geld kassieren; jetzt bin ich das.

Sie schloss die Augen und dachte plötzlich wieder an ihn; an die eigenartige Melodie seiner Worte; an seinen gleichmäßigen Atem an ihrem Hals. Sie dachte daran, wie sich ihre Augen, während sie unter ihm lag, an die Dunkelheit gewöhnten; wie sie mit ihren Händen die Wölbungen seiner Rippen begreifen konnte, ihn selbst aber nicht. Sie erinnerte sich an seinen Blick, der so sonderbar in die

Ferne gerichtet war, als würde ein Teil von ihm über dem offenen Meer durch die schwarze Nacht jagen.

Sie stieg aus der Wanne, wickelte sich ein Handtuch um und ging zum Telefonapparat auf dem Beistelltisch in ihrem Wohnzimmer, nahm den Hörer ab und testete das Signal. Da sie sich den Anschluss mit drei weiteren, anonymen Nutzern teilte, war die Leitung nicht immer frei. Aber schließlich hatten alle, die sie kannte, ein Verteltelefon abonniert; nur betuchte Leute wie ihre Eltern leisteten sich einen ganzen Anschluss. Wenn besetzt war, versuchte man es eben später noch einmal.

Er nicht. Er hatte zwei Wochen lang nicht angerufen.

Eines Abends, als sie Bojan schon fast aus ihren Gedanken verdrängt hatte, läutete es unten an der Tür.

»Wer ist da?«, fragte sie durch die Gegensprechanlage.

»Ja, wer könnte das wohl sein, Madame?«

Wenig später spazierte er durch alle Räume; betrachtete prüfend Möbel, Teppiche und Lampen, als hätte man ihm die Wohnung samt ihrem Inhalt zum Kauf angeboten. Er ging in den gelben Salon ihrer Vermieterin, nahm eine der antiken Porzellanfiguren von der Anrichte und drehte sie mit wohlwollendem Kopfnicken in der Hand.

»Gehört das alles dir?«

»Nein. Deshalb würde ich dich auch bitten, nichts kaputt zu machen.«

Er stellte die Figur zurück und verzog sein Gesicht zu einer Grimasse.

»Aber, aber … Keine Sorge, Madame.«

Sie gingen los. Es war Frühling; die Luft war warm und sanft. Über den Dächern schwebte der Mond und tauchte die Stadt in einen kristallenen Schimmer. Bojan nahm sie bei der Hand. Zuerst konnte sie kaum mit ihm Schritt halten, so schnell marschierte er mit seinen Stiefeln über die Wienzeile, doch bald gewöhnte sie sich an sein Tempo. In Windeseile kamen sie an Burggarten und Heldenplatz vorbei und liefen weiter über die Ringstraße. Sie atmete den Duft von Flieder ein.

Nach dem Burgtheater bog er in eine schmale Gasse. Zuerst glaubte sie, dass er auf ein bestimmtes Ziel zusteuerte, das er ihr verheimlichte, um sie zu überraschen. Mit der Zeit begriff sie, dass sie gingen, um unterwegs zu sein.

Einfach so ins Blaue hineingehen. In ihrer Familie gab es das nicht; in ihrer Familie ging man auf etwas zu. In den seltenen Momenten, in denen man flanierte, im Urlaub, während irgendwelcher Ausflüge, tat man das zwischen zwei klar abgesteckten Anhaltspunkten – die Promenade am See entlang, vom Hafen bis zum Aussichtsturm, von der Bergstation bis zur Narzissenwiese.

Sie liefen weiter. Sie begegneten immer wieder Leuten, die Bojan kannten; zwei Herren im Anzug, mit offenen Mänteln, lüfteten im Vorübergehen ihre Hüte; eine ältere Dame mit Hund nickte ihnen kurz zu.

Eine dunkelhaarige Frau mittleren Alters kam ihnen entgegen, sah Bojan überrascht an und senkte im Vorrübergehen den Blick.

»Woher kennst du all diese Leute?«, wollte sie wissen.

»Das ist unterschiedlich«, sagte er. »Aber mit dieser Frau verbindet mich wirklich eine ziemlich komische Geschichte.«

Er erzählte, dass er die Frau vor vielen Jahren gekannt hätte; zu einer Zeit, als diese noch, wie er es nannte, ein unschuldiges Mädchen gewesen sei und zu Hause wohnte.

Eines Tages habe sie sturmfrei gehabt und er habe sie am Nachmittag besucht. Dann habe er mit ihr im Doppelbett ihrer Eltern geschlafen. Plötzlich seien diese überraschend zurückgekommen. Als die Mutter des Mädchens in der Tür stand und sie beide nackt in ihrem Ehebett liegen sah, das ganze Leintuch voller Blut, hätte sie so laut geschrien, dass Bojan, um die Situation zu retten, fragte: »Gnädige Frau, kann ich Ihnen irgendwie helfen?«

Manchmal blieb Bojan stehen und verwickelte sein Gegenüber in ein Gespräch. Dabei hatte er die Angewohnheit, kleine Halbkreise zu ziehen, die andere Person einmal von links und dann gleich wieder von rechts zu betrachten, immer wieder aus einer neuen Perspektive; schon beim Zusehen wurde einem ganz schwindlig.

Manchmal drehte er sich plötzlich auf dem Absatz um und sagte zu Vie: »Komm, wir müssen los.«

Sie zogen weiter, noch ehe der andere seinen Satz zu Ende gesprochen hatte.

Einmal tänzelte er in derselben Art und Weise vor einem jungen Mann im Jogginganzug herum, und keiner von beiden sagte ein Wort, bis sich der Sportler mit starren Augen abwandte. Er lachte und nahm Vie bei der Hand.

»Nun gut, lass uns weitergehen.«

Sie bogen in die Dorotheergasse ein und kamen am Café Hawelka vorbei.

»Hast du Geld dabei?«, fragte er.

»Oh, heute in charmanter Damenbegleitung«, sagte der alte Hawelka, schob sie zwischen den anderen Gästen durch und wies mit knochigen Fingern und einer angedeuteten Verbeugung auf eine Zweierbank.

Sie aßen ofenfrische Buchteln und tranken heiße Schokolade dazu.

Bojan erzählte von seinem Lieblingsessen, das seine Mutter früher immer für ihn gekocht hätte: *Krompir sa rezancima*, Kartoffeln mit Nudeln.

Vie kramte in ihrer Jackentasche nach einem letzten Geldschein und bezahlte. Dann zogen sie weiter.

Sie beobachteten Passanten, Bewohner des Ersten Bezirks, während diese auf dem Gehsteig an ihnen vorbeigingen.

»Als kleine Bürgerkinder lernen sie zu Hause Klavierspielen«, sagte Bojan. »Dazu singen sie *Lustig ist das Zigeunerleben*. Aber wenn ihnen dann später ein echter Zigeuner über den Weg läuft, suchen sie schnell das Weite. Wie findest du das?«

Vie hatte plötzlich den Bariton ihres Vaters im Ohr. Absurderweise hatte er, der nun wirklich kein Freund von fremdländisch aussehenden Leuten war, immer genau dieses Lied mit ihr gesungen.

Für Vie und ihre Freunde waren alle Menschen, die hier lebten, gleich.

Für Leute wie ihren Vater war Bojan natürlich ein *Ausländer*. Kein Engländer oder Franzose, das hätte etwas gegolten; Italiener und Spanier schon weniger; Jude, um Gottes willen!, aber einer von da unten?

»Vorsicht«, hätte ihr Vater gesagt, »mit so einem lässt man sich besser nicht ein.«

Die Österreicher, die für ihren Vater arbeiteten, drückten sich direkter aus. Für sie war einer wie Bojan einfach ein *g'schissener Jugo*.

Jetzt erinnerte sie sich daran, wie ihre Mutter (auch sie konnte sich in den ersten Jahren nur schwer an die Regeln des Vaters halten) einmal den polnischen Gärtner eingeladen hatte, mit ihnen zusammen Weihnachten zu feiern.

Aus Angst vor seiner Reaktion teilte ihre Mutter Vies Vater erst am Tag selbst mit, dass sie einen Gast erwarten würden. Als der Gärtner schließlich am Abend die Türglocke läutete, im dunklen Anzug, mit weißem Hemd und Krawatte, Blumen und einem Geschenk auf dem Arm, schickte ihr Vater den Mann fort.

»Sie verstehen sicher, dass wir heute unter uns sein wollen«, hatte er zu ihm gesagt und die schwere, eisenbeschlagene Eichentür gleich wieder geschlossen.

Vie ging neben Bojan über den Neuen Markt zurück auf die Ringstraße.

»Seit wann lebst du hier?«, wollte sie wissen.

»Ich war zwölf, als meine Eltern mit mir und meiner Schwester hierherkamen.«

Vor ihnen auf dem Asphalt lag eine leere Bierflasche. Bojan verpasste der Flasche einen Tritt und schoss sie über die Gehsteigkante auf die Fahrbahn.

»Zu Hause in Belgrad war mein Vater Direktor einer Schuhfabrik gewesen. In den ersten Monaten mussten wir in Wien alle zusammengepfercht im Hinterzimmer einer Hausmeisterwohnung leben.«

Vie musste sich nie zusammenpferchen lassen. Der Bereich, den sie bis vor kurzem im Haus ihrer Eltern bewohnt hatte, bestand aus einem Studierzimmer, angrenzendem Schlafzimmer mit Terrasse, begehbarem Kleiderschrank und eigenem Bad.

Aber sie wusste natürlich, wovon Bojan sprach. Denn sie kannte solche Wohnungen, kam es ihr in den Sinn, während sie am *Tirolerhof*, dem Lieblingskaffeehaus ihrer Großmutter, vorbeigingen; hinter hohen Glasscheiben mit dunkelrotem Samt bezogene Sitzecken; stumm lagen sie da; das Lokal war längst geschlossen.

Sie kannte diese Wohnungen von Hausmeistern, die im Erdgeschoss von Mietshäusern logierten, welche im Besitz ihres Vaters waren; früher hatte er sie manchmal mitgenommen, wenn er dort nach dem Rechten sah; und wenn im Stiegenhaus, gleich neben dem Kellerabgang, Eingangstür oder Fenster aufgingen, dann konnte sie einen Blick auf die kleinen, verschachtelten Zimmer werfen, in denen das elektrische Licht immer brannte, weil es tagsüber zu dunkel war.

Sie spazierten weiter Richtung Oper.

Plötzlich zog Bojan sie in ein Restaurant hinein.

»Jetzt hab ich schon wieder Appetit«, sagte er.

Sie ließen sich auf gut gepolsterten, schwarzen Ledersitzen nieder, die ein Kellner für sie zurechtrückte. Ein anderer kam mit den Speisekarten. Es musste schon nach Mitternacht sein; sie waren die einzigen Gäste.

»Bestell dir, was du willst«, sagte er.

»Aber haben wir überhaupt noch Geld?«

Er lächelte sie an.

»Du solltest dir nicht immer so viele Sorgen machen, Madame.«

Sie bestellten Hummersalat und frisch gepressten Orangensaft; danach Kaffee und Schokoladensoufflé, die Spezialität des Hauses. Vie trank dazu ein Glas Champagner.

Das Besteck glänzte unter dem gedämpften Licht mehrerer Kristalllüster. Von der vielen frischen Luft fühlte sie sich angenehm müde und gleichzeitig beschwingt.

Sie spürte etwas Weiches in ihrer Brust, etwas, das sich anfühlte wie Glück.

Nach dem Essen erzählte Bojan von seinen russischen Vorfahren; von alten Liedern, in denen es einen Seher namens Bojan gab; von einem Helden, der sich ausbreitete, auf den Bäumen war und auf der Erde; als grauer Wolf und als Adler; blaugrau; unter den Wolken.

Er sprach über die Verwirrung des Westens und die Verlorenheit der Seele; erzählte von einer Meditation, die Menschen retten würde; von einem Glauben, der jeden, der sich ihm hingäbe, beschützen und führen würde; einem Glauben, dem er bedingungslos folgen würde; vom inneren Licht wahrer Liebe.

Während er sprach, schien sich das Restaurant langsam zu drehen, vielleicht bloß die gepolsterten Sitze, vielleicht aber auch der ganze Raum. Vie hielt sich mit beiden Händen an der Tischkante fest, denn seine Worte rührten an etwas sehr Tiefem.

Bojan schien das Wirre in ihr nicht zu bemerken. Er nahm den Löffel aus seiner leer getrunkenen Kaffeetasse und sah sich um. Dann sagte er: »Hör zu. Wir stehen jetzt auf und verlassen, ohne uns umzudrehen, das Lokal.«

Sie folgte ihm. Als sie vor der Tür standen, lachte Bojan und rief: »Und jetzt renn!«

Sie lief hinter ihm her; die Treppen hinunter; durch eine Unterführung; und auf der anderen Seite wieder hinauf. Sie kamen durch eine Grünanlage; ihr Herz pochte bis zum Hals; unter der überlebensgroßen Statue von Kaiserin Maria Theresia blieben sie keuchend stehen. Er lachte immer noch, und als er den Arm um sie legte, lachte sie mit ihm.

»So«, sagte er, »jetzt hast du wieder etwas gelernt.«

Nach ihrem Ausflug übernachtete er bei ihr. Nackt lagen sie in ihrem kleinen Schlafraum auf der Matratze. Diesmal wollte er nichts von ihr. Sie hatte ihren Kopf an seine Schulter gelegt und lauschte seinem ruhiger werdenden Atem. Es war, als würden sie zusammen über weite Felder fliegen.

Bald schlief sie ein.

6

Valerie ging in die Küche und warf einen Blick auf die Wanduhr über dem Herd. Es war zwei Uhr nachmittags. Nicht mehr lange, dann würde draußen die Dämmerung einsetzen.

Zuerst hatte sie vorgehabt, sich endlich ein Frühstück zu machen, doch dann entschied sie, dass es besser sei, sich gleich eine richtige Mahlzeit zu kochen. Den Rest des Tages würde sie mit ein paar Kräckern, Käse und Wein auskommen. Sie hatte keine Lust, großes Aufhebens um ihr Essen zu machen.

Am ehesten stellte sie sich ihre heimliche Auszeit als eine Art Camping-Aufenthalt vor. Zum Glück verfügte das Haus, in dem sich ihre Zweizimmerwohnung befand, über einen gut instandgesetzten, trockenen Keller. Jedem der etwa fünfundzwanzig Parteien stand ein absperrbares Abteil zur Verfügung; in ihrem hatte Valerie, soweit sie sich erinnerte, noch mehrere Gläser mit eingelegtem Obst, Kekse in Dosen und eine Kiste französischen Rotwein gelagert. Wenn ihr nach den Feiertagen nicht danach war, einkaufen zu gehen, konnte sie sich jederzeit Proviant aus dem Keller holen.

Sie zündete eine Flamme auf dem Gasherd an, stellte eine große Pfanne darauf und gab ein paar Spritzer Olivenöl hinein. Anschließend holte sie Paprika, Petersilie und Tomaten aus dem Gemüsefach, legte sie zusammen in das Abwaschbecken neben der Arbeitsplatte und spülte sie mit kaltem Wasser ab.

Draußen vor der Tür war jetzt wieder der Hund ihrer

Nachbarin zu hören. Wahrscheinlich ging sie gerade ihre zweite Runde mit dem Dobermann-Mischling. Manchmal war er auf dem Weg nach unten so aufgeregt, dass die Krallen seiner Pfoten im Vorbeilaufen an ihrer Wohnungstür kratzten. Das kam so abrupt, dass Valerie jedes Mal von neuem erschrak.

Sie nahm das Gemüse und die Petersilie aus der Spüle und schnitt alles auf einem Holzbrett klein, dann verquirlte sie das Ganze mit drei Eiern und schmeckte es mit Salz und Pfeffer ab. Sie schob die Masse in die heiße Pfanne und ließ sie auf beiden Seiten goldgelb anbraten. Mit dem Brotmesser schnitt sie zwei dicke Scheiben Weißbrot ab und steckte sie in den Toaster neben dem Herd.

Der Toaster, ein großer Kasten aus massivem Chrom, laut Beschreibung handgefertigt von der britischen Traditionsmarke Dualit, war im vergangenen Jahr das Weihnachtsgeschenk, das ihre Firma den leitenden Mitarbeitern überreicht hatte, zusammen mit einem Gutschein für ein Gourmet-Wochenende in einem Schlosshotel in der Südsteiermark.

Heuer hatte ihnen René Welsch, der Inhaber, nach seiner üblichen Ansprache die neue Apple Watch geschenkt. Ein reines Statussymbol, mehr nicht; im Laufe der Gespräche während des kleinen Umtrunkes im Konferenzzimmer hatte sich bereits herausgestellt, dass der Armbandcomputer nichts zu bieten hatte, was man nicht auch mit dem Smartphone erledigen konnte. Zu Hause hatte Valerie das verpackte Gerät, zusammen mit den Unterlagen für das Jahresbudget, die sie noch überarbeiten musste, auf ihre Kommode im Vorraum gelegt und ihm seither keinerlei Beachtung geschenkt.

Wenn ihre Tochter in der Stadt wäre, würde sie ihr die

Uhr überlassen – Bea würde das Teil sicher umgehend auf eBay zu Geld machen.

Warum hatte Bea diesmal den Kontakt zu ihr abgebrochen? An den konkreten Anlass konnte sie sich nicht mehr erinnern. Aber den eigentlichen Grund kannte sie natürlich.

Bea hatte ihr seit jeher das Gefühl gegeben, als Mutter eine Niete zu sein. Sie war erst dreiundzwanzig Jahre alt gewesen, als sie ihre Tochter zur Welt brachte, dabei selbst noch ein Kind. Nach heutigem Ermessen der pure Leichtsinn. Wenn man es genau bedachte, hatte sie sich damals vor allem deshalb für das Kind entschieden, um Bojan und ihre Eltern zu ärgern – was ihr ziemlich gut gelungen war.

Aber dann war Bea da und Valerie vollkommen überfordert. Ohne Ausbildung, ohne Geld und anfangs ohne Perspektive. Das alles führte dazu, dass sie ihre Tochter in den ersten Jahren nicht gut behandelte. Sie war ihrer kleinen Tochter gegenüber aufbrausend, ungeduldig und manchmal auch brutal gewesen.

Valerie fand, dass sie bereits genug Kaffee getrunken hatte. Sie goss sich ein Glas Wasser ein und stellte es zusammen mit dem Essen auf ein Tablett. Dann ging sie damit ins Wohnzimmer und setzte sich an den Tisch vor dem Fenster.

Draußen war es still. Kein Mensch schien mehr auf der Straße zu sein. Vereinzelt war in den Fenstern der Häuser gegenüber Weihnachtsbeleuchtung zu erkennen.

Ihre Mutter hatte sich zu Weihnachten immer besonders viel Mühe gegeben, fiel Valerie beim Anblick der blinkenden Sterne ein. Ein Christbaum bis an die Decke, Menüs wie in einem Sterne-Restaurant, ein Berg voller Geschenke, nur für Valerie. Einmal allerdings war sie vor der Bescherung zu ihrer Mutter ins Badezimmer gekommen. Und während sich ihre Mutter frisierte, hatte sie seelenruhig zu ihr gesagt:

»Ich wollte kein Kind, aber dein Vater hat darauf bestanden.«

Damals fühlte sich Valerie von diesem Satz wie erschlagen. Heute dachte sie, dass ihre Mutter, so wie später sie selbst, einfach nur hilflos und unglücklich war.

Der Himmel über den Dächern begann sich in ein dunkles Violett zu verfärben. Valerie schaltete die Tischlampe ein; sie fand die Dämmerung schon immer deprimierend. Jetzt tauchte der bunte Stoffschirm den Sitzplatz in ein warmes, freundliches Licht.

Der breite, geschliffene Glasfuß der Lampe, der das Licht der Glühbirne zusätzlich reflektierte, war ursprünglich eine Vase gewesen. Vor Jahren hatte Valerie zwei davon auf dem Dachboden ihrer Großmutter gefunden, sie verkabelt und zu Beleuchtungskörpern umgebaut. Wahrscheinlich stammten sie aus den 70er-Jahren, waren nicht besonders wertvoll, aber originell.

In einem Anfall von Großherzigkeit, und mangels einer besseren Idee, hatte sie in ihrem zweiten Jahr als Marketingleiterin des Immobilienunternehmens, für das sie mittlerweile seit zehn Jahren arbeitete, eine der beiden Lampen ihrem Chef zur Hochzeit geschenkt (es war seine dritte) – was sie bis heute bitter bereute, denn er hatte das Geschenk nicht zu schätzen gewusst.

Wenn René Welsch gestresst war oder zu lange gefeiert hatte, ließ er Valerie, wie auch andere Leute, die auf seiner Gehaltsliste standen, für Besprechungen gerne zu sich nach

Hause kommen. Sein protziges, modernes Stadthaus war das, was Menschen mit etwas Geschmack abfällig einen *Architektentraum* nannten. Fußböden aus weißem Marmor und Tropenholz, Sofas aus weißem Leder, an den Wänden schlechte, aber teure Kunst. Wahrscheinlich hatten er und seine neue Frau das Hochzeitsgeschenk gleich nach dem Auspacken mit spitzen Fingern im Stauraum einer ihrer vier oder fünf begehbaren Garderoben verschwinden lassen.

Die beiden Tischleuchten waren Relikte ihres gescheiterten Versuches, als Unternehmerin Fuß zu fassen. Valerie hatte die Schule abgebrochen; danach ein paar Jahre *verbummelt*, wie sie diese Lücke in ihrem Lebenslauf auf Nachfrage umschrieb, und nie wieder eine Ausbildung gemacht. Damals, gegen Ende der 80er-Jahre, machten das viele, schließlich konnte man später immer noch alles werden, worauf man Lust hatte.

Als Bea, ihre Tochter, zur Welt kam, wurde aus dem Spaß plötzlich Ernst. Ihr Vater ließ ausrichten, dass er nicht vorhabe, ihr verpfuschtes Leben und ihr uneheliches Kind zu finanzieren. Bis auf das staatliche Mutterschutzgeld hatte sie keine Mittel. Ihre Mutter wollte sie unterstützen, aber der Vater verbot es. Hin und wieder hatte sie sich trotzdem mit Valerie getroffen und ein paar Rechnungen für sie bezahlt.

Als Bea eineinhalb Jahre alt war und im Kindergarten genommen wurde, begann Valerie als Kellnerin in einem Restaurant zu arbeiten. Später versuchte sie sich als Bürokraft in einer Firma für Optikerbedarf, wurde aber nach zwei Monaten gekündigt. Sie passe nicht ins Betriebsklima, sagte die Bürochefin und gab ihr die Lohnsteuerkarte zurück. Danach arbeitete Valerie als Telefonistin in einer kleinen Werbeagentur, die bald darauf ihren größten Kunden verlor und zusperren musste.

Eines Tages las sie in einer Tageszeitung, dass ein Lampengeschäft mit Werkstatt zur Weitergabe angeboten wurde. Miete und Ablöse waren nicht sehr hoch, und Valerie hatte schon immer gerne gebastelt und herumgetüftelt. Jeder Mensch brauchte Lampen, dachte sie und zeichnete in ein Notizheft ihre ersten Entwürfe und Ideen. Die neue Selbstständigkeit stellte sie sich als kreative und stressfreie Aufgabe vor.

Mit seinem Enkelkind wollte er noch immer nichts zu tun haben. Doch mithilfe ihrer Mutter und einem selbst zusammengestellten Finanzplan konnte Valerie ihren Vater davon überzeugen, ihr das Startkapital zu geben.

Von den bisherigen Inhabern ließ sie sich das Zusammenbauen von Lampen und Lampenschirmen zeigen. Es war nicht schwer, und sie lernte schnell. Der Verkauf lief allerdings weniger gut. Je nach Kontostand kauften die Leute entweder in luxuriösen Einrichtungshäusern oder bei Ikea ein. Der Bedarf an solider Ware im mittleren Preissegment, musste Valerie feststellen, war nicht groß genug. Nach zwei Jahren blieb ihr nichts anderes übrig, als das Geschäft zu schließen und Privatkonkurs anzumelden. Stillschweigend beglich ihr Vater damals die Schulden, hauptsächlich um den guten Namen der Familie zu schützen.

»Mit uns brauchst du von nun nicht mehr zu rechnen«, sagte er am Telefon. Das war das letzte Mal, dass sie etwas von ihm hörte.

Drei Jahre später starb Valeries Vater an einem Gehirnschlag. Dass seine eigene Firma ebenfalls seit Jahren rote Zahlen schrieb, kam erst bei der Testamentseröffnung heraus. Die elegante Villa mit Garten musste verkauft werden. Von dem ganzen Vermögen war ihrer Mutter nichts als eine Garçonnière im Eigentum und eine kleine monatliche Rente geblieben. Seitdem übte ihre Mutter, wie sie sich ausdrückte, mit weniger auszukommen.

Valerie ging in die Küche und räumte das benutzte Geschirr weg. Warum bis zum Abend warten? Sie hatte gute Lust, sich schon jetzt ein Glas Barolo einzuschenken.

Als sie den Korken aus der Flasche zog, läutete es an der Tür.

Um diese Zeit kam mit Sicherheit keine Post mehr, außerdem hatte es nicht unten beim Hauseingang, sondern oben an ihrer Wohnungstür geklingelt.

Sie war mit niemandem im Haus befreundet. Überrascht stellte sie fest, dass ihre Arme sich plötzlich steif und schwer anfühlten, als wären sie aus Blei.

Kurz überlegte sie, ob es Bojan sein könnte. Vielleicht hatte er durch irgendeinen Trick herausgefunden, wo sie wohnte, und stand, nachdem sie ihn heute Vormittag auf Facebook blockiert hatte, vor der Tür. Seit zwanzig Jahren abonnierte sie für jeden neuen Telefonanschluss eine Geheimnummer. Außerdem bestand sie bei jeder Hausverwaltung darauf, dass am Klingelbrett ihrer jeweiligen Adresse nicht ihr Name, sondern nur die Türnummer stand.

Hatte womöglich im Büro einer der Angestellten beim Empfang geplaudert, obwohl sie private Informationen unter keinen Umständen weitergeben durften?

Als es zum zweiten Mal klingelte, verscheuchte sie ihre absurden Gedanken, warf einen Blick durch den Türspion und machte auf.

Auf der Fußmatte stand Elisabeth Kaiser, ihre etwa sechzigjährige Nachbarin, an der Leine den aufgeregten Hund.

»Entschuldigen Sie bitte die Störung … Jetzt gib Ruhe, Brutus! … Ich wollte Ihnen ein gesegnetes Fest wünschen. Außerdem wollte ich Sie einladen, falls Sie heute alleine sind, auf ein Glas bei uns vorbeizuschauen. Es kommen nur ein paar gute Freunde, nichts Besonderes. Am Heiligen Abend sollte doch keiner alleine sein.«

Das hatte ihr gerade noch gefehlt.

Valerie sah in das feierliche Gesicht von Frau Kaiser und wusste, dass sie schnell reagieren musste.

»Vielen Dank, das ist wahnsinnig nett. Aber ich bin heute eingeladen«, log sie, »und morgen fliege ich weg.«

»Wie schön, dann störe ich Sie nicht weiter. Ich fahre morgen mit Brutus für drei Tage zu meinen Kindern aufs Land. Am Montag bin ich wieder da.«

Der Hund hatte die ganze Zeit aufgeregt mit den Pfoten vor ihrem Eingang gescharrt. Jetzt hob er eines seiner Hinterbeine an, und Valerie befürchtete, dass er sich gleich an ihrem Türrahmen erleichtern würde. Aber Frau Kaiser riss an der Leine, und der Hund begann, brav an ihrer Seite den Gang entlangzutrotten.

Valerie verschloss die Tür und ging mit dem Weinglas zurück ins Wohnzimmer. Sie schaltete die Musikanlage ein, suchte aus ihrer iTunes-Liste ihr Lieblingskonzert heraus – es war das Klavierkonzert Nr. 21 von Mozart – und setzte sich aufs Sofa. Wenn sie heute offiziell außer Haus war, würde sie später keine Musik mehr spielen können, denn Geräusche konnte man ab einer gewissen Lautstärke gut im Gang draußen hören. In der Küche würde sie außerdem kein Licht mehr einschalten, da es dort ein vergittertes Fenster mit Milchglas gab, das auf den Gang hinaus führte.

Ob Bojan immer noch in seinem Atelier im zweiten Bezirk wohnte? Gut möglich. Hatte er ihr nicht einmal selbst erzählt, dass er den Vormieter mit einem Trick um die Ablöse gebracht hatte? Ablösen waren damals in Wien üblich und betrugen oft das Fünfhundert- bis Tausendfache einer Monatsmiete. Die laufenden Kosten selbst waren für ein Objekt in dieser Größe verschwindend gering. Sie konnte sich nicht vorstellen, dass Bojan inzwischen zu Geld gekommen war. Wenn er also weiter in Wien lebte, wovon sie nach dem heutigen Blick auf seine Facebook-Seite ausging, dann war er wahrscheinlich immer noch der Hauptmieter.

Sie machte den Fernseher an, stellte ihn auf lautlos und zappte eine Weile durch die Programme. Bei jedem zweiten Sender waren Christbäume oder als Weihnachtsmänner verkleidete Schauspieler im Bild, die meisten dieser Filme kannte sie in- und auswendig.

Auf einmal fühlte sie sich unendlich müde. Ohne es zu bemerken, hatte sie die ganze Flasche Barolo leer getrunken. Sollten sich alle anderen streiten und gegenseitig auf die Nerven gehen. Sie fand, dass es nicht die dümmste Idee war, sich an so einem Abend früh ins Bett zu legen. Sie ging ins Bad und putzte sich die Zähne. Dann schaltete sie den Fernseher und die Tischlampe aus.

7

Bojan hatte noch nie gearbeitet.

Bojan machte Geschäfte.

Heizkörper, Automatikgetriebe, Servopumpen, Benzineinspritzanlagen, Gasherde, Kühlschränke, Badeöle, Untermieten.

Nachdem er sich auf der Matratze in ihrem Hinterhofzimmer ausgeschlafen hatte, holte er den zusammengefalteten *Bazar*, eine Zeitung mit Kleinanzeigen, aus seiner Jackentasche. Er nahm den Apparat mit der langen Schnur, setzte sich an ihren Esstisch und begann zu telefonieren.

Kotflügel, Typenscheine, Vergaser, Nockenwellen.

Seine Worte tanzten in ihrem Kopf, während Vie in ihre Kleider vom Vortag schlüpfte; während sie Wasser zum Kochen brachte und schwarzen Tee aufgoss.

»Ja, der Motor ist so gut wie neu. Die Seriennummer lasse ich Ihnen herausschleifen. Sie werden staunen: Damit kann man den Wagen von 250 auf 560 PS aufblasen.«

Wie kunstvoll er mit seiner Stimme Anlauf nahm, dachte sie.

Und wie wichtig er dabei klang.

»Was Ihnen jetzt noch fehlt, ist ein besserer Zündfolgekrümmer.«

Wie er seine Sätze in die Sprechmuschel sang; wie er die Stimme hob und senkte; wie er immer wieder, völlig überraschend, Pausen einsetzte!

»Der Motor ist so gut wie neu«, sagte er, und während er weiterverhandelte, zwinkerte er ihr zu.

Der größte Schauspieler, dachte Vie, hätte keine bessere Vorstellung geben können.

Vie, die keine Ahnung hatte, was ihr Vater den ganzen Tag über (und oft genug bis spätnachts) tat, nachdem er sich auf den Weg in die Firma gemacht hatte; seine Firma, mit Technikern und Erfindern, die er dafür bezahlte, Hochdruckreiniger und andere industrielle Geräte zu entwickeln, um diese Dinge auf seinen Namen zu patentieren und im Ausland produzieren zu lassen.

»Dein Vater kommt heute nicht zum Abendessen, er bleibt länger in der Firma«, sagte ihre Mutter oft und ging in die Vorratskammer, um etwas Eingefrorenes aus der Tiefkühltruhe zu holen und es für Vie aufzuwärmen. Oder: »Dein Vater ist heute nach Japan geflogen. Ein neuer Auftrag für die Firma.«

Bojan fuhr nirgendwohin.

Er saß hier, bei ihr in der Wohnung, und durchforstete seit Stunden die Anzeigenseiten seiner Zeitung; markierte mit dem Kugelschreiber vielversprechende Inserate, indem er Kreise um Texte und Telefonnummern zog.

»Du könntest inzwischen ein paar Brote im Toaster rösten und sie danach mit Knoblauch und Olivenöl einreiben«, sagte er und unterstrich seine Worte mit zwei schnellen, fließenden Handbewegungen. Österreicher sprachen selten mit den Händen.

Sie machte die Brote in der Küche fertig; dann setzte sie sich ihm gegenüber an den Tisch; hörte weiter zu, andächtig, wie im Theater.

Es ging um Geld – während einzelner Telefonate sogar um viel Geld. Bojan beherrschte die Kunst, seine Gesprächspartner so einzulullen, dass diese den Zuschlag gaben für etwas, das sie gar nicht brauchten und das sie normalerweise gar nicht gekauft hätten. Er weckte in ihnen Neugierde und Begehren; weckte in ihnen das Verlangen, auf den Handel einzusteigen; bis sie den Punkt erreichten, an dem es kein Zurückkommen mehr gab.

»Die Bodenplatte ist durchgerostet, aber das macht nichts. Wir decken das mit Glasfasermatten ab und sprühen Unterbodenschutz drüber, das merkt kein Mensch.«

Bojan machte Geschäfte.

Ab und zu warf er ihr währenddessen Luftküsse zu.

Wahrscheinlich, dachte sie, gab es nichts, das er nicht gewinnbringend verkaufen konnte.

Nachdem er fertig telefoniert hatte, stand er auf und ging nach nebenan. Vie hörte, wie er den Wasserhahn über der Badewanne aufdrehte.

Als sie das nächste Mal aufsah, stand er nackt in der Tür. Erst jetzt fielen ihr seine starke Brustbehaarung und seine muskulösen Oberschenkel auf.

Etwas Warmes breitete sich in ihrem Bauch aus.

»Hast du keine Badeöle?«, fragte er streng.

Sie verneinte.

»Gut, gut. Dann bringe ich dir das nächste Mal welche mit.«

Sie setzten sich zusammen in die heiße Wanne. Bojan nahm ein Stück Seife und fuhr sich damit über Brust und Arme, tauchte unter und spülte sich ab.

»Steh auf«, flüsterte er.

Auch er stellte sich jetzt auf und begann langsam, wie bei einem kleinen Kind, ihren Hals, ihre Ohren und ihre Schultern mit Seifenschaum einzureiben.

Sie schloss die Augen; hörte, wie Wasser aufgedreht wurde, warmes Wasser, das an ihren Armen und Beinen hinunterfloss.

Sie spürte seine Hand auf ihrem Rücken; spürte, wie er den Seifenschaum sorgfältig mit kreisenden Bewegungen von ihren Schultern, von ihren Brüsten und von ihrem Bauch abspülte.

Wie spät es inzwischen wohl war? Sie hatte kein Zeitgefühl mehr.

Seine Hand fuhr an ihren Schenkeln entlang, fuhr auf und ab. Glitt zwischen ihre Beine, und dann, abwechselnd mit einem und mit zwei Fingern, in sie hinein.

Sie wollte sich dem Strom hingeben, doch er ließ abrupt von ihr ab.

»Nicht so schnell.«

Er legte seine Hände auf ihre Schultern und drehte sie zur Wand; küsste ihren Nacken, umfasste ihre Taille und bog ihren Kopf hinunter bis zum Rand der Wanne.

Mit dem nächsten Atemzug fuhr etwas Unnachgiebiges entlang ihrer Wirbelsäule hinauf. Eine Kraft, die ihren Impuls, sich seinem Griff zu entwinden, ignorierte. So lange, bis etwas in ihr aufgab; sie sich auflöste, wie Schaumkronen auf den Wellen im Meer.

Danach trocknete er sich ab und zog eine ihrer geblümten indischen Blusen an, die über dem Sessel im Wohnzimmer hingen. Dabei wirkte er so unverbindlich, als wäre er erst vor fünf Minuten auf einen Kaffee bei ihr vorbeigekommen. Er schlüpfte in seine Hose und seine Schuhe. Dann sah er sie an und lächelte.

»Sobald Frauen mit mehr als einem Mann im Bett waren, sind sie doch nichts weiter als kleine Huren.«

»Du findest also, ich bin eine Hure?«

»Jetzt tu nicht so. Unschuldig bist du nicht.«

Er stand auf und nahm seinen grauen Hut.

Vie hörte, wie er hinter sich die Wohnungstür zuschlug. Im Salon hatte die Sonne ein goldenes Netz über den Parkettboden geworfen. Es musste später Nachmittag sein.

Am nächsten Vormittag wollte sie auf der Bank Geld abheben, doch es war keines mehr auf ihrem Konto. Gedroht hatte er schon länger damit, jetzt hatte ihr Vater offenbar beschlossen, kein Geld mehr zu überweisen.

Langsam, aber sicher, ging es ihr durch den Kopf, war sie in ein Niemandsland geglitten. Ihr Vater hatte ihr jeden Monat eine fixe Summe bereitgestellt; sie aber war nicht mehr zum Unterricht gegangen; weil sich ihr der Sinn nicht erschloss.

Sie hatte sich ruhig verhalten; so lange, bis der Oberste Rat ihr die nächsten Züge auf dem Spielbrett anzeigte.

Jetzt war klar, dass sie sich irgendeinen Job suchen musste.

Auf dem Heimweg ging sie über den Naschmarkt. Beim neuen Biostand, den es hier seit ein paar Monaten gab, blieb sie stehen und überlegte. Inzwischen ernährte sie sich, wie Bojan, ausschließlich vegetarisch; die Leute am Stand kannten sie bereits. Hans, der dicke Verkäufer, begrüßte sie.

Sie fragte ihn, ob sie eine Aushilfe brauchen könnten.

»Du hast Glück«, sagte er, während er für sie Äpfel und Karotten in Papiertüten packte. »Meine Kollegin wandert mit ihrem Freund nach Griechenland aus. Ich spreche gleich mit dem Chef. Wann kannst du anfangen?«

Sie ließ sich für die Nachmittagsschicht einteilen. Vier Mal die Woche von dreizehn bis achtzehn Uhr im Verkauf. Danach noch eine Stunde abrechnen und Gemüsekisten, Eier, Brot und Gebäck in den Kühlraum bringen. Das klang gar nicht so schlecht; war zumindest eine ehrliche Arbeit; und so würde sie nicht mehr auf ihren Vater angewiesen sein.

Gleich am nächsten Tag fing sie an.

Die Arbeit war leicht. Sie erinnerte Vie an ihre Kinderspiele mit dem Kaufmannsladen. Jemand kam und wollte ein halbes oder ein ganzes Kilo Kartoffeln. Sie schaufelte sie auf die Waage, die ihr Gewicht und Preis anzeigte, danach in eine Papiertüte und kassierte das Geld.

Jemand kam und wollte einen Laib Brot und ein Glas biologischen Honig.

»Von wo ist der bitte?«

»Einen Moment, ich schau gleich nach«, sagte sie und las die Angaben auf dem Etikett.

Im Laufe des Nachmittags gab es dann die ersten Gerüchte.

»Noch hat die russische Regierung nichts bestätigt, aber angeblich hat es in einem Kernkraftwerk in Tschernobyl eine Explosion gegeben«, sagte Hans. »Möglicherweise kommt da was von der Strahlung bis zu uns.«

Vie begriff nicht, was das bedeuten sollte. Sie las keine Zeitungen, hörte keine Nachrichten und hatte zum letzten Mal vor einem Jahr ferngesehen. Sie fühlte sich nicht betroffen. Was hatte ein Kernkraftwerk in Russland mit ihr zu tun?

Sie wollte Bojan wiedersehen.

Den Klang seiner Stimme an ihrem Ohr.

Seinen Atem an ihrer Wange spüren.

Eine Kundin kam und fragte, ob man Freilandeier jetzt überhaupt noch essen könne. Vie musste innerlich lachen, weil diese Frau in ihr eine Expertin sah.

»Aber natürlich, die sind ganz ungefährlich«, behauptete sie.

Dasselbe sagte sie zu anderen Leuten wegen der Champignons.

»Aber was ist mit den Heidelbeeren?«, fragten andere (aufgerissene Augen, die Stirn in Falten gelegt).

Ein junger Mann kaufte die letzten sechs Gläser Marmelade; während sie selbst beschloss, weiterhin alles zu essen, weil sie das Getue um ein paar unsichtbare Strahlen übertrieben fand.

Beim Einpacken der Ware dachte sie wieder an Bojan. War alles so gekommen, weil ihr ein Plan fehlte?

Was hatte er überhaupt mit ihr zu tun?

Andererseits: War er ihr nicht nachgegangen, in jener ersten Nacht? Hatte er sie nicht an der Tür abgefangen und ihr Adresse und Telefonnummer abverlangt? War sein Leben nicht auch bunter und leichter geworden, seit sie ihn in den Schlaf streichelte – nachdem er ihr beigebracht hatte, wie Streicheln überhaupt ging?

In ihrer Familie hatte man kein Talent für Berührungen.

»Deine Finger dürfen die Haut nur so leicht streifen, dass man sie gerade noch spürt«, hatte er ihr vor dem Einschlafen erklärt; und während seine Hand ihren bloßen Rücken entlangfuhr, hatte sich ihre Haut angefühlt wie unter weißen, wolkigen Gänsedaunen,

Er wusste so viel.

Es war jetzt Ende April. Am Marktstand nebenan verkauften sie weiße Narzissen und rote Federnelken.

Beim Anblick der frisch geschnittenen Blumen machte sich etwas Erhabenes in ihrem Inneren breit. Sie würde ihm sagen, dass sie ihn liebte, gleich morgen. Oder sollte sie es ihm besser schreiben?

Er wusste so viel.

Sie ging nach Hause und wählte mehrmals seine Nummer – ohne Erfolg.

Ein paar Tage später rief er an und sagte:

»Wo bist du eigentlich die ganze Zeit? Ich habe schon ein paarmal versucht, dich zu erreichen.«

»Ganz meinerseits. Ich habe jetzt einen Job.«

»Na, so was. Hast du Lust, am Wochenende einen Ausflug zu machen? Dann hole ich dich ab.«

Am Samstag wachte sie mit den ersten Sonnenstrahlen auf. Würde er schon früher kommen, damit ihnen ein ganzer Tag für ihren Ausflug blieb? Sie nahm ein Bad, doch als sie mit dem Kopf untertauchte, hatte sie Angst, dass er genau in diesem Moment klingeln würde, also tauchte sie schnell wieder auf. Sie zog sich an.

Wo würden sie hinfahren?, fragte sie sich und öffnete die Flügel der hohen Fenster zur Straße hin.

Aber er kam nicht. Zu Mittag nicht und auch nicht später, als die Sonne hinter dem alten Hotel gegenüber unterging.

Am Sonntag blieb sie liegen. Stundenlang beobachtete sie die vergilbten Wasserflecke, die sich über ihr zwischen den Stuckleisten an der Decke breitgemacht hatten.

Irgendwann am Nachmittag klingelte es endlich an der Tür. Ihre Wangen wurden heiß. Eilig zog sie sich an.

Aber zu ihrer Überraschung war Bojan nicht allein.

»Heute möchte ich dir Ingrid vorstellen, Madame.«

Wie einen Preis, den er gewonnen hatte, führte er seine Begleitung durch den gelben Salon.

Die blonden Locken des Mädchens sahen aus wie sprühendes, elektrisches Licht. Der Rest ihrer Erscheinung war so zart, es wirkte, als würde alles, bis auf die Haare, in den Ärmeln ihres Pullovers verschwinden.

Vie fühlte sich auf einmal müde und schwach.

Trotzdem nahm sie ihre Handtasche und ging mit den beiden hinunter.

Sie stiegen in einen alten, kanariengelben Porsche, dessen hintere Stoßdämpfer bei jeder Bodenwelle über den Asphalt hämmerten. Ingrid saß vorn, neben Bojan; der Fahrtwind wirbelte ihre Locken beim offenen Fenster hinaus, wo sie sich im Licht der untergehenden Sonne auflösten.

Obwohl die Ampel auf dem Währinger Gürtel gerade von Gelb auf Rot gesprungen war, blieb Bojan auf dem Gas.

Wer war sie für ihn?, dachte Vie. Etwas drückte sie in den Rücksitz des Wagens hinein.

Ingrid lächelte. Sie wandte ihren Kopf nach links, zu Bojan, und dabei strich sie sich mit ihrer schmalen Hand die Haare aus der Stirn.

Sie fuhren die Höhenstraße hinauf bis zum Leopoldsberg; spazierten zwischen Weinbergen unter dem ersten Abendstern. Bojan ging in der Mitte und hielt abwechselnd ihre und Ingrids Hand. Ingrid lächelte weiter. Die Situation irritierte sie anscheinend nicht.

Als es dunkel wurde, fuhren sie zurück in die Stadt.

»Ihr braucht euch keine Sorgen zu machen«, sagte er und öffnete die Tür zu einer fremden Wohnung. »Wir legen uns nur ein bisschen hin.«

Etwas Würdevolles und Feierliches lag in der Luft. Doppelfenster, vergittert und geschlossen; kein Laut drang von draußen in den spärlich eingerichteten Raum. Vie legte sich angezogen aufs Bett; auch Ingrid tat, wie ihr geheißen. Die Kissen waren groß und weich.

»Ich muss hier mal nach dem Rechten sehen«, hatte Bojan vorhin gesagt, dabei seinen Schlüsselbund aus der Tasche gezogen und mit einem der vielen Schlüssel das fremde Haustor aufgeschlossen.

»Sie hat einmal dem Vater einer Freundin von mir gehört. Als er dachte, wir würden heiraten, hat er sie mir überschrieben«, sagte er, während sie zu dritt durch den Hof gingen; während der harte Klang seiner Absätze über die Pflastersteine hallte.

»Jetzt vermiete ich sie.«

Die Wohnung lag im Erdgeschoss.

Er ging ins Schlafzimmer und schaltete das Licht einer Stehlampe ein.

Fußboden, Wände, Bettwäsche, alles ganz ungeschmückt und hell. So vieles war hier noch möglich, dachte Vie, wie auf einem leeren Bogen Papier.

Bojan legte sich zwischen sie. Er begann, mit der linken Hand das Kleid von Ingrid hochzuschieben.

»Ich will das nicht«, hörte sie das Mädchen flüstern.

»Schau, ich decke dich doch schon wieder zu«, sagte er sanft. Dann beugte er sich über sie und begann sie zu küssen.

Vie beobachtete die beiden, so wie sie als Kind im Garten Schmetterlinge beobachtet hatte, die auf Gräsern balancierten und sich dabei gegenseitig umgarnten.

Sie presste ihre Arme enger an den Körper und versuchte, kein Geräusch zu machen; dann hielt sie die Luft an, konzentrierte sich auf das Rascheln der Bettwäsche, lauschte dem Flüstern. Ein Aufflammen und Brennen stieg in ihr auf.

Zerrissene Schleier schwebten durch den Raum.

»Bitte nicht …«

»Du kannst das.«

…

»So ist es gut.«

Zu dritt bereisten sie Niemandsland. Plötzlich war alles richtig, alles erlaubt. Die Lufttemperatur und die Feuchtigkeit im Raum hatten sich erhöht und mit ihnen die Frequenz einer geheimnisvollen Wellenlänge.

Bojan drehte sich um und legte sich auf sie. Er drang in sie ein; und jetzt war es anders als damals, in der ersten Nacht in seinem Atelier.

Ohne zu zögern, gab sie sich dem Strom mit lauten Schreien hin.

Über ihren Köpfen flimmerten Sterne.

Jeder von ihnen war alles. Und alles war eins.

»Wir müssen jetzt gehen, weil noch heute Nacht die neuen Mieter einziehen«, sagte Bojan, als es vorbei war, und strich mit einer nachlässigen Bewegung die Bettdecken glatt.

Dann fuhr er Ingrid, die noch bei ihren Eltern lebte, nach Hause.

Du bist allein, dachte Vie, als sie zu Fuß über die Wienzeile ging; und während sie die bunten Verpackungen in den verschiedenen Auslagen betrachtete, wiederholte sie den Satz immer wieder.

In den nächsten Tagen meldete sich Bojan nicht.

Vie verkaufte weiter am Biostand. Mittlerweile ließen junge Mütter, aus Angst vor radioaktiver Strahlung, ihre Babys zu Hause und machten ihre Besorgungen allein.

Warum jeden Tag zusammen mit den Briefen und Werbeprospekten auch die *Kronenzeitung* vor dem Stand lag, wusste sie nicht, aber sie sah es als willkommene Abwechslung. Seit sie am Stand arbeitete, verfolgte sie zum ersten Mal wieder regelmäßig die vom Boulevardblatt gefilterten Nachrichten.

Radioaktivität schon 1000mal höher als bei Hiroshima-Bombe! stand heute in dicken Buchstaben auf dem Titel, und darüber, in kleinerer Schrift, der Zusatz: *Große Skepsis im Westen, ob Atombrand wirklich gelöscht ist. Entwarnung für Österreich, aber Ukraine droht Verseuchung.*

Sie selbst war mit anderen Dingen beschäftigt. Zum Beispiel damit, dass ihre Periode ausblieb. Ihre Cousine riet ihr, eine große Knolle rohen Sellerie zu essen.

»Das treibt ab.«

Die zweite Sellerieknolle schien zu wirken.

Ein Unglück weniger, dachte Vie, immerhin.

Am späten Nachmittag kam eine ältere Frau, hielt Vie einen Zwanzig-Schilling-Schein hin und fragte, ob sie wechseln könne.

»Das ist ein Ehrenmann. Den werden wir uns vom Ausland nicht verderben lassen«, sagte die Frau und zeigte auf die Zeitung, die aufgeschlagen neben der Kassa lag, während Vie die Münzen abzählte. Sie verstand zuerst nicht, wovon die Frau sprach; aber dann fiel ihr Blick auf das ganzseitige Inserat mit dem Bild von Kurt Waldheim.

Nachdem die Frau gegangen war, sah sie sich die Seite genauer an. Lobende Zitate standen darauf, von heimischen Politikern aller Couleur. Darunter war ein Brief Waldheims abgedruckt:

Liebe Landsleute!

Demokratie bedeutet: Sie haben als freier Mensch, als

Staatsbürger, als Österreicher, nicht nur die Freiheit, sondern auch das Recht, Ihrem Gewissen zu folgen und sich für die Wahrheit und Gerechtigkeit einzusetzen.

Als Bundespräsident werde ich für alle da sein, mein Bestes geben und für ein Klima des Anstandes, der Leistungsfähigkeit, der Sauberkeit und der Verständigung sorgen. Im Interesse Österreichs bitte ich Sie um Ihre Stimme und danke Ihnen schon jetzt herzlich dafür.

Vie interessierte sich nicht besonders für Politik. Aber nach allem, was sie bisher mitbekommen hatte, erschien ihr Waldheim nicht unbedingt als der Hüter von Anstand, Wahrheit und Gerechtigkeit.

Ihr Vater würde natürlich für ihn stimmen. Alles, nur kein Sozi, sagte er gerne, sobald es um Politik ging. Vielleicht, dachte Vie, sollte sie auch wählen gehen.

Aus Tagen wurden Wochen, in denen sie nichts von Bojan hörte.

Sie stellte sich vor, dass er und Ingrid bereits miteinander lebten, zusammen lachten und glücklich waren, und diese Vorstellung machte sie krank. Andererseits: Ingrids Eltern würden sie mit ihren sechzehn Jahren sicher noch nicht ausziehen lassen; sie schien wohlbehütet zu sein, ging zum Klavierunterricht, wie sie während ihres gemeinsamen Ausfluges erzählt hatte, besuchte das Ballett. Was konnte so ein Mädchen überhaupt mit Bojan anfangen?

Kannte sich Vie, nach all ihren Drogen- und Cluberfahrungen, mit komplizierten Randexistenzen nicht viel besser aus? Fühlte sie sich in ihrer Familie nicht auch immer wie eine Fremde?

Bojan meldete sich nicht.

Prüfte sie der Oberste Rat?

Mehrmals wählte sie Bojans Nummer, aber niemand ging ans Telefon. Sollte sie unangemeldet vor der Tür seines Ateliers stehen? Nein, nachspionieren wollte sie ihm nicht. Sie hatte Angst, sich vor ihm oder einer seiner vielen Bekanntschaften lächerlich zu machen.

Stattdessen besuchte sie ihre Eltern, seit Wochen zum ersten Mal. Magda, *das Mädchen*, wie die Villenbewohner im neunzehnten Bezirk ihre Hilfskräfte im Haushalt nannten, servierte Rinderfilet in Blätterteig.

»Ich verlange, dass du dich endlich wie ein ganz normaler Mensch benimmst!«, schrie ihr Vater, nachdem Vie während des Essens von ihrem Job am Naschmarkt berichtet hatte.

Ihre Mutter faltete ihre Stoffserviette und legte sie zu den anderen auf den Beistellwagen; dann sah sie ihn an und sagte mit sanfter Stimme: »Warum beruhigst du dich nicht.«

Vie ging in den Garten hinaus; und all die Worte, die lauten und die sanften, erloschen im Halbdunkel zwischen den weit ausladenden Ästen des Palisanderholzbaumes – denn es war Mai –, und seine Blüten, die um diese Jahreszeit wie leuchtende, blasslila Perlen über den Kieswegen hingen, betonten das Dunkle, das sich hinter den Zweigen ausbreitete.

Früher, fiel Vie jetzt ein, während sie mit bloßen Füßen im Gras stand, hatte sie den Baum nachts heimlich von der Terrasse ihres Schlafzimmers beobachtet.

Als sie zurückkam, hatte sich die Stimmung im Speisezimmer gebessert. Ihre Eltern erzählten von einer Reise nach Prag, die sie gemeinsam mit Freunden unternommen hatten. Vie hörte nur mit halbem Ohr zu.

Eilig, damit der Vater nichts bemerkte, steckte ihr ihre Mutter zum Abschied ein paar Geldscheine zu.

»Bitte pass auf dich auf.«

Der Sommer kam. Vie fing wieder an, mit Günter auszugehen.

Weil sie erst nach Mitternacht aufbrachen und um diese Zeit keine U-Bahn mehr fuhr, marschierten sie zu Fuß ins U4. Sie tanzten bis zur Sperrstunde und liefen danach zurück, am Ufer des Wienflusses entlang.

Der Himmel schimmerte in den Farben von Goldfischen.

Sie suchten Schutz vor der aufgehenden Sonne und betraten das Café Drechsler.

Ein Kunststück, wie der alte Herr Drechsler im Dreiteiler hinter der Eingangstür stand und seine Gäste mit einer tiefen Verbeugung begrüßte, nicht nur die Marktarbeiter, sondern auch verschwitzte Nachtvögel wie sie.

Bevor sie sich in eine der Nischen setzten, gingen sie zusammen aufs Klo und schnupften Heroin, das Günter auf dem Spülkasten vorbereitet hatte. Er packte den Rest wieder ein und sagte:

»Lass uns zu dir gehen und Platten von Depeche Mode hören.«

Im Herbst traf sie den Amerikaner wieder und schlief mit ihm. Dabei ließen sie das Licht an, und während sie in seine Augen sah, blieb er ihr angenehm fremd. Sie fühlte sich frei.

Zwei Nächte später stand sie mit einem Gin Tonic auf der Tanzfläche im U4, als zwischen den auf und ab springenden Köpfen das Gesicht von Bojan aufblitzte. Sein Blick traf sie zusammen mit dem Stroboskop-Scheinwerfer über ihnen. Lachend bewegte er sich auf sie zu. Ganz nah vor ihr blieb er stehen, wippte weiter auf den Absätzen seiner Stiefel und schrie gegen die Musik an:

»Na, wie geht's denn so? Lange nicht gesehen, Madame.«

Jetzt war er wieder auf ihrer Seite, der Oberste Rat.

Bojan nahm keine Drogen; und sie würde heute auch damit Schluss machen.

8

Am 25. Dezember fiel wiederholt leichter Nieselregen. Valerie verbrachte fast den ganzen Tag im Bett und sah sich auf Amazon Prime die ersten fünf Folgen von *The Tudors* an. Bis jetzt hatte sie sich noch nie sonderlich für historische Serien interessiert, aber diese hier war gut besetzt, und mittlerweile waren vier Staffeln zusammengekommen. In den Tagen ihrer Undercover-Existenz, dachte sie, würden die Machtkämpfe und Liebschaften Heinrichs VIII. der ideale Zeitvertreib sein.

Nachdem es aufgehört hatte zu regnen, zog sie sich an und ging hinunter, um eine Runde um den Häuserblock zu drehen und ihren Kreislauf in Schwung zu bringen.

Die Straßen waren immer noch nass. Außer ihr waren kaum Menschen unterwegs. Sie ging mit großen, schnellen Schritten. Die frische Luft verursachte ein angenehmes Prickeln auf ihren Wangen.

Auf dem Rückweg brach die Dunkelheit so rasch herein, dass man fast zusehen konnte. Sie wälzte sich heran wie ein schwarzes Meer.

Mit der rechten Hand hielt sie in ihrer Jackentasche den Schlüsselbund fest, um das Haustor aufzusperren. Doch dann kam sie an ihrem alten, dunkelblauen Fiat vorbei, den sie vor zwei Tagen am Anfang der Straße geparkt hatte. Spontan entschloss sie sich einzusteigen.

Es war bestimmt nicht verkehrt, dachte sie, einmal kurz an Bojans alter Wohnung vorbeizufahren.

9

»Na los, steig ein«, hatte Bojan gesagt und dabei den Motor weiterlaufen lassen.

Vie, einen breiten Wollschal um Hals und Schultern gewickelt, war gerade auf dem Weg zur Geburtstagsparty ihrer Cousine gewesen. Die Luft roch zum ersten Mal nach Schnee. Unsere Eltern werden auch da sein, hatte ihre Cousine gesagt, sowohl deine als auch meine. Aber später, sagte sie, kommen ein paar Studenten aus meinem Kurs, und wir können tanzen.

Plötzlich hatte Bojan mit seinem Wagen neben ihr am Rand der Fahrbahn gestanden.

Das Auto hatte eine lange, eckige Schnauze, es dröhnte und klopfte. Er sah ihren überraschten Blick und lachte.

»Pontiac Firebird. Ich fahre ihn seit gestern zur Probe. Also, setz dich endlich hinein.«

Sie kletterte auf den Beifahrersitz, und noch bevor sie die Tür geschlossen hatte, stieg Bojan aufs Gas. Sie wandte ihren Blick nach links und betrachtete sein stolzes Profil, die etwas zu lang geratene Nase mit dem Höcker, während hinter seinem Kopf die von Ampeln und Autoscheinwerfern beleuchteten Holzhütten vom Karmelitermarkt vorbeiflogen.

Ihr Platz am Esstisch, dachte sie, mit Augarten-Porzellan gedeckt, würde heute leer bleiben; alle würden sich Sorgen machen; ihr Vater wahrscheinlich mehrmals unter verärgertem Kopfschütteln ihre Telefonnummer wählen.

All diese Dinge erschienen ihr plötzlich wie Versatzstücke aus einem fremden Krieg. Jetzt, in diesem schimmernden November-Augenblick, drehte sich alles nur um Bojan und sie.

Seit ein paar Wochen wohnt er bei mir, dachte sie, während der Wagen über den Rennweg zog. Sie hatte ihm einen zweiten Schlüssel besorgt, und jetzt ging er bei ihr ein und aus.

Noch einen Winter in meinem Atelier, hatte er gesagt, mit diesem unbrauchbaren Kohleofen, ertrage ich nicht. Er sei jetzt dabei, sich eine Zentralheizung einbauen zu lassen, müsse sich dafür aber erst Therme und Heizkörper organisieren; in Anbetracht der Größe seiner Räume bräuchte er von letzteren ganze fünfzehn Stück.

»Vielleicht ziehe ich in der Zwischenzeit einfach zu dir.«

Manchmal, wenn sie früher als angekündigt von ihrer Arbeit im Bioladen nach Hause kam, schlug ihr heiße Luft entgegen, wie aus einem Terrarium. Regelmäßig drehte er in ihrer Abwesenheit das Thermostat auf achtundzwanzig Grad. Ich halte diese österreichische Kälte nicht aus, wiederholte er unablässig.

Wer soll die Gasrechnung bezahlen?, fragte sich Vie. Aber sie sagte nichts. Er hatte ihr bereits bei anderen Gelegenheiten ihre Spießigkeit vorgeworfen – etwa, als sie ihm erklärte, dass es nur gut und recht wäre, wenn er die Kleider, Hüte und Gürtel, die er sich ständig von ihr auslieh, nicht verlieren oder auf dem Boden in seinem Atelier liegen lassen würde.

»Man bringt die Sachen von anderen Leuten wieder zurück«, sagte sie.

Er musterte sie von oben herab.

»Gehört das auch zu den Nazi-Regeln deiner Eltern?«

Bojan parkte den Wagen in einer Seitengasse ein. In den unbeleuchteten Fenstern eines aufgelassenen Pelzgeschäftes spiegelte sich der aufgehende Mond.

»Wo gehen wir eigentlich hin?«, fragte sie.

»Ich nehme dich heute zum ersten Mal zur Gemeinschaft des Lichts mit«, sagte er und reichte ihr feierlich seinen Arm.

»Ein ausgewählter Kreis von Menschen betet hier jede Woche und führt Gespräche«, sagte er, während sie zwei Häuser weiter die Stiegen hinaufgingen, »aber eben auf eine andere, auf eine spirituelle Art.«

Es gab eine Menge einfacher Holzstühle, wie in einem Vereinslokal. Vorn stand eine schlanke Frau in cognacfarbenen Lederhosen und begrüßte die ungefähr fünfzig Anwesenden. Bojan beugte sich zu Vie und flüsterte:

»Das ist die Wiener Gruppenleiterin.«

Hinter der Frau hing eine große, gerahmte Fotografie an der Wand; darauf war ein junger Mann in indischer Kleidung zu sehen, eigentlich war es eher ein dickes Kind; das Kind saß im Schneidersitz auf einem Kiesweg, der sich im Horizont auflöste. Unter dem Bild stand ein Beistelltisch mit Kerzen und Blumen.

Die Gruppenleiterin schloss kurz die Augen und lächelte; eine bleierne Stille legte sich über den Raum.

Vie spürte das Gewicht der Stille auf ihren Schultern. Es fiel ihr schwer, zu atmen. Sätze kamen aus dem Mund der Frau; in großen Schleifen schwebten sie vorbei und kehrten zurück zu den brennenden Kerzen unter dem Bild.

Der Weg. Die Sehnsucht nach Licht.

Der Klang einzelner Worte erreichte Vie; flog über unsichtbare Wellen zu ihr und drängte sich in ihr Bewusstsein.

»Wir sind in ihm und er ist in uns.«

Wer Er sein sollte, wusste sie nicht.

Bojan nahm mit sanftem Druck ihre Hand; und jetzt erinnerte sie sich wieder an seine Erzählungen vom großen Don; von einem Seher, der zehn Falken besaß und eine ganze Herde von Schwänen. Hatte das hier auch irgendetwas mit seiner Heimat zu tun?

Vor wenigen Tagen, daran dachte sie jetzt, war sie mit Bojan auf der Fremdenpolizei gewesen. Bis dahin hatte sie nicht gewusst, dass es so etwas überhaupt gab.

»Ich brauche einen Pass«, hatte er gesagt und sie mit auf das Amt im ersten Bezirk genommen; kein stattliches Magistrat, wie der Wiener Stadtschulrat, bei dem sie sich ein Zeugnis für die Maturaschule hatte abholen müssen, sondern eine räudige, aus Hunderten Zimmern bestehende Dienststelle, deren Eingang versteckt in einem nach Pisse stinkenden Durchgang lag.

Sie war verblüfft, wie viele Menschen in den Gängen lagerten, weil auf den Holzbänken entlang der Wand kein Platz mehr war. Die meisten von ihnen klein und gedrungen; Frauen und Männer in schäbigen Mänteln, manche von ihnen hatten Kinder dabei.

Bojan, groß und schmal, im dunklen Anzug und frisch polierten Stiefeln, bewegte sich zwischen ihnen wie ein kühner Prinz. Seine schwarzen Locken fielen ihm beim Gehen in die Stirn – wie sehr sie sein wildes Haar liebte, dachte sie. Er blieb stehen und sprach einen der Männer in einer fremden Sprache an, wahrscheinlich auf Serbokroatisch. Der Mann gab ihm eine unfreundliche Antwort.

»Warte hier, ich muss da vorne beim Apparat eine Nummer ziehen«, sagte er kühl. Während des Bruchteils einer

Sekunde, unmerklich fast, ging ein Flackern durch seine Pupillen, und Vie begriff, dass er sich zum ersten Mal vor ihr schämte.

»Warum hast du keinen österreichischen Pass? Lebst du nicht schon lange genug hier?«, fragte sie ihn, als er mit einem nummerierten Stück Papier zurückkam, und jetzt war er wieder ganz der Alte: »Glaubst du vielleicht, ich bin so blöd und lasse mich bei euch zum Heer einziehen?«

Nach zwei Stunden wurde endlich seine Nummer aufgerufen.

Es laufe alles auf einen Staatenlosen-Pass hinaus, sagte er, als er wieder aus dem Zimmer für Ausweisanträge herauskam; er hielt irgendwelche Formulare in der Hand. Seinen jugoslawischen Pass habe er zurückgelegt, so könnten sie ihn nicht mehr zurückschicken. Außerdem sei das Heer dort unten das schlimmste von allen, die würden ihn sonst gleich holen lassen.

Vie war müde und hungrig vom langen Warten.

Als sie zurück zum Auto gingen, stolperte sie von der Gehsteigkante in eine Regenpfütze und spritzte Bojans Hosenbein mit schmutzigem Wasser an. Sie lachte.

Und während sie immer noch lachte, holte Bojan mit seiner rechten Hand aus und schlug ihr mit voller Kraft ins Gesicht.

Ein Störsignal zwischen den Ohren, wie klingelnde Pferdeschlitten.

Ihre Wange brannte.

Hier, eine Abzweigung; die könnte sie jetzt nehmen. Aber was dann?

Schuld war bloß die Demütigung auf der Fremdenpolizei, dachte sie; später wird es ihm leidtun. Ab jetzt, sie hatte es in diesem Moment sicher gefühlt, war sie seine Freundin.

Wer sonst würde das, was gerade geschehen war, verstehen?

Die Gruppenleiterin im Vortragsraum sprach jetzt über die Verwirrung, die das Ego im Leben der Menschen anrichtet, und über ihren süßen Geschmack im Mund während der Meditation.

Bojan hatte seine Hand wieder aus der ihren gelöst.

Vie überlegte, wie viel die Lederhose der Frau gekostet hatte. Sie sah teuer aus, fast so teuer wie das schwarze Seidensamt-Cape ihrer Großmutter – ging es denn wirklich schon wieder ums Geld? –, aber im nächsten Moment verwarf sie diesen Gedanken.

Die Frau hielt inne und schloss die Augen, so wie fast alle im Publikum. Die Luft wirkte aufgeladen. Um nicht unangenehm aufzufallen, machte Vie es den anderen nach.

Die Stimme der Frau drang an ihr Ohr; es klang, als käme sie aus einer anderen Dimension.

»Möchte jemand von euch seine Erfahrungen mit uns teilen?«

Als sie wieder nach vorn sah, erhob sich ein junger Mann in der ersten Reihe und stellte sich vor dem Bild des kindlichen Heiligen auf.

»Ich bin der Sigi, arbeite als Maurer und esse seit zwei Monaten kein Fleisch.«

Nachdem sich alle die Hände geschüttelt hatten, fuhr Bojan mit ihr nach Hause. Unterwegs erklärte er ihr die Regeln der *Gemeinschaft des Lichts*. Im Grunde würden alle Mitglieder so weiterleben wie bisher, betonte er, nur, dass man ein bis zwei Mal am Tag meditieren würde. Eine halbe Stunde würde bereits genügen, um sich in Verbindung zu bringen mit der heilenden Kraft des Universums. Einmal in der Woche träfen sich die Mitglieder zum geistigen Austausch, so wie heute. Um durchlässiger zu sein als Empfänger der positiven Energie, würden sie außerdem alle auf Fleisch verzichten, sagte er, während er den Wagen in der Straße des Ateliers parkte. Dem Sigi, der vorhin als Letzter gesprochen habe, sagte er kopfschüttelnd, würde das leider besonders schwerfallen. Und Vie, die fast alles, wofür sich Bojan interessierte, gut fand, beschloss, dass es den Versuch wert war, zum ersten Mal in ihrem Leben zu einem Club dazuzugehören.

»Meine Mutter kommt heute bei uns vorbei und bringt selbst gekochte *Sarma* mit«, sagte Bojan am nächsten Tag beim Aufstehen.

Seine Mutter hatte nichts gegen Fleisch.

Vie zog sich rasch an und räumte das schmutzige Geschirr weg. Besorgungen mussten gemacht werden. Ein Strauß Blumen, bescheiden, aber doch; kleine Geschenke; der richtige Tee. Ein Pendel hatte Besitz von ihr ergriffen, schwungvoll wie am letzten Schultag vor den großen Sommerferien.

Würde Bojans Mutter Vie mögen?

»Meine Mutter hat mir während der ganzen Schulzeit das Frühstück ans Bett gebracht«, hatte ihr Bojan erzählt.

»Sie hat die Bratkartoffeln in der Pfanne immer einzeln umgedreht, bis sie goldbraun geröstet waren.«

Und: »Meine Mutter hat mich manchmal im Schlaf zwischen den Beinen gestreichelt. Sie dachte wahrscheinlich, ich merke es nicht.«

Jetzt saß sie bei ihrer Vermieterin auf dem Sofa; so klein und zierlich; es war zum Verrücktwerden; wo sie doch in

Vies Vorstellung die Größe des Stephansdoms einnahm. Trotz ihrer korallenrot bemalten Lippen und der üppigen goldenen Ohrringe stellte Vie mit Erschrecken fest, sah sie der sechzehnjährigen Ingrid ähnlich.

»Schaut sie euch an, die blonde Zigeunerin. So haben die Leute in Belgrad immer über mich gesprochen«, erzählte Bojans Mutter; auf dem Sofa sitzend; mit den Spitzen ihrer Lackstiefelchen auf und ab wippend; Rosinenkekse in den Tee tunkend.

»Aber ich habe keinen von denen beachtet«, sagte sie stolz, »denn ich hatte nur Augen für meine Kinder und meinen Mann.«

Dann ließ sie sich eine Pfanne geben und wärmte die *Sarma* auf.

Sie schmeckten besser als österreichische Krautwickel.

»In meinem ganzen Leben hätte ich nie einen anderen Mann angeschaut«, wiederholte sie beim Essen.

Die restliche Zeit ihres Besuches unterhielt sie sich mit Bojan auf Serbokroatisch; Vie hatte das Gefühl, dass es dabei auch um sie ging – sie hoffte es zumindest.

Nachdem seine Mutter gegangen war, holte Bojan Zeitung und Telefon.

Vie stellte sich ihm in den Weg.

»Hast du deiner Mutter gesagt, dass ich deine Freundin bin?«

Das lange Telefonkabel hinter sich herziehend, ging er an ihr vorbei und setzte sich mit dem Apparat zum Fenster.

»Na los, sag schon.«

Bojan sah sie von oben bis unten an und lächelte.

»Du warst keine Jungfrau mehr, als wir uns getroffen haben. So eine Frau wird nie meine richtige Freundin sein.«

Sie ging in die Küche und räumte das Geschirr weg. Als sie zurückkam, hielt er den Telefonhörer in die Luft und sah sie an.

»Es ist zum Aus-der-Haut-Fahren, bei dir ist andauernd besetzt.«

Dann holte er ein Obstmesser aus der Besteckslade und ging zu dem kleinen Kasten, der sich am Ende des Kabels an der Wand befand.

»Schau gut zu. Jetzt lernst du wieder was.«

Er löste zwei kleine Schrauben, hob den Deckel des Kästchens ab und drückte eine Metallgabel im Inneren der Apparatur nach unten.

Triumphierend sah er sie an.

»So schmeißt man einen anderen Teilnehmer aus der Leitung.«

Er hielt ihr den Hörer mit dem Freizeichen-Signal ans Ohr.

»So, jetzt kann man wieder telefonieren.«

Nach ein paar Anrufen ging er aus, diesmal ohne sie.

Spätnachts, als er zurückkam, legte er sich zu ihr, streichelte ihre Haare aus dem verschlafenen Gesicht und sagte: »Kannst du dir nicht von irgendwem Geld leihen? Einem Ausländer wie mir gibt die Bank keinen Kredit. Und ich muss dem Mann, der die Heizung bei mir einbaut, eine Anzahlung geben.« Vie kam die Frage logisch vor, auch wenn ihr in diesem Moment keine Lösung einfiel.

Gegen Ende der Woche besuchte sie ihre Großmutter im dritten Bezirk, dem Botschaftsviertel von Wien. Solange Vies Großvater noch gelebt hatte, war durch den Salon der Duft von Pfeifentabak gezogen. Jetzt empfing einen nur noch der Geruch von Naphthalin.

Sie setzten sich in die mit blauem Samt überzogenen Ohrensessel und tranken heiße Schokolade.

»Du siehst blass aus, liebes Kind.«

»Das ist bloß der Winter.«

Vie löffelte umständlich die verbliebene Schlagsahne aus ihrer Tasse.

»Ich würde gerne einen Zeichenkurs an der Kunsthochschule machen, Großmama. Aber er kostet leider achttausend Schilling.«

Als sie zurück zur U-Bahn ging, steckte ein Scheck in ihrer Manteltasche.

»Im Gegensatz zu deinen Eltern habe ich deine künstlerischen Ambitionen schon immer begrüßt«, hatte ihre Großmutter gesagt und dabei mit ihrer alten Füllfeder die Summe auf dem vorgedruckten Blatt Papier eingetragen.

Sie stieg in den Waggon ein und beschloss, diesmal nicht zu Hause auf Bojan zu warten, sondern direkt zu ihm ins Atelier zu fahren.

Ein eisiger Wind wehte durch die beiden Innenhöfe; nirgends waren Bewohner zu sehen.

Am Ende des zweiten Hofes stand sie vor einem Durchgang, dahinter befand sich ein kleiner Garten. Es gab also doch einen, dachte Vie, die seit ihrem ersten Besuch nie wieder bei Bojan in der Wohnung gewesen war; sie hatte sich nicht geirrt. Sie fühlte sich wie jemand, der eine verbotene Stadt betrat; trotzdem ging sie hinein.

Feiner Dampf stieg zwischen mit Efeu verwachsenen Baumstämmen und Gerümpel auf; hellrot leuchtete eine letzte Knospe am Zweig einer Kletterrose. In der Luft hing der Geruch von feuchter Erde und Moos. Sie atmete tief ein; denn der Geruch berührte etwas in ihr.

Als sie an der Tür im ersten Stock läutete, öffnete eine magere Frau mit rasiertem Kopf und großen braunen Augen.

»Komm herein. Bojan sollte auch bald da sein.«

»Und wer bist du?«, fragte Vie und setzte sich auf die Bank, die neben dem Schreibtisch im Vorraum stand.

»Mein Name ist Natascha. Ich wohne hier.«

»Ist das nicht ein bisschen kalt, so ohne Heizung?«

Mit den Fingern ihrer rechten Hand befühlte Vie das glatte Papier des Schecks in ihrer Jackentasche.

»Stimmt, der alte Ofen da hinten im Saal gibt nicht viel her. Aber ich arbeite sowieso den ganzen Tag. Und wenn ich zurückkomme, bin ich so müde, dass ich meistens meditiere und dann schlafen gehe.«

»Kann ich mir mal die Hände waschen?«, fragte Vie.

Als sie ins Badezimmer kam, sah sie gegenüber vom Waschbecken einen alten Holzparavent; eilig warf sie einen Blick dahinter; zusammengelegtes Bettzeug lag auf einem einfachen Bett; auf einem fleckigen Silbertablett am Boden standen zwei halb heruntergebrannte Kerzen.

Dass hier noch jemand zusammen mit Bojan wohnte, verwirrte sie. Trotzdem fühlte sie sich später, als er nach Hause kam und sie ihm den Scheck überreichte, wie ein Teil von etwas Großem, etwas, das ihrer Existenz mehr Gewicht verlieh.

Nachdem ihnen Natascha zwei Tassen und eine Kanne mit frischem Tee in den großen Saal gebracht hatte, zog sie sich zurück. Bojan legte Holz im Ofen nach.

»Wer ist sie?«, fragte Vie und deutete mit dem Kopf Richtung Badezimmer.

»Niemand, vergiss es. Sie zahlt mir manchmal die Miete,

und dafür lasse ich sie hinter dem Paravent im Badezimmer wohnen.«

Bojan breitete davor eine dicke Steppdecke aus und sagte: »Schön, dass du heute einmal bei mir bist.«

Durch die Glastür des Ofens konnten sie auf das lodernde Feuer sehen.

10

Wegen der Feiertage war nur wenig Verkehr in der Stadt. Valerie fuhr trotzdem langsam, sie hatte keine Eile. Sie überquerte den Donaukanal und lenkte den Wagen über eine größere Einkaufsstraße. Die üppige Weihnachtsbeleuchtung tauchte die Fahrbahn in das unwirkliche Licht eines Spielcasinos.

Sie bog in die Seitengasse, in der sich Bojans ehemaliges Atelier befand. Um nicht aufzufallen, verringerte sie die Geschwindigkeit ihres Wagens, als sie am Haustor vorbeikam, und warf nur einen kurzen Blick aus dem Seitenfenster. Es schien sich nicht viel verändert zu haben. Sogar das Messingschild mit der Firmenadresse der Teppichweberei, die damals ihr Lager in einem der vorderen Gebäude des Innenhofes gehabt hatte, befand sich noch an der Tür. Möglicherweise war die Tafel inzwischen erneuert worden, aber der Schriftzug sah noch genau gleich aus.

Zwei Straßen weiter parkte sie ihr Auto und ging zu Fuß weiter. Sie wollte nicht zurück zum Eingangstor, sondern in die entgegengesetzte Richtung. Nach etwa zweihundert Metern bog sie in eine Sackgasse ein. Die kleine Straße führte auf einen quadratischen Platz, der von drei Wohnhäusern aus der Zeit um die Jahrhundertwende gesäumt war. Sie warf einen Blick zum Himmel hinauf. Der Mond war fast voll. Fern und kalt leuchtete er auf das üppige Steindekor der Fassaden.

Sie kam an einem Brunnen vorbei, der die Mitte des Platzes markierte. Unter dem unwirklichen Licht des Himmels wirkte die schwarze Statue über dem leeren Becken so, als würde sie sich bewegen.

Valerie vergrub ihre Hände in den Manteltaschen und sah sich um. Von den nackten Ästen eines Kastanienbaumes tropfte das letzte Regenwasser auf eine Sitzbank, sonst war es ganz still. Hinter einigen Fenstern waren Lichterketten oder das schwache Licht einer Leselampe zu sehen. Das Gebäude auf der linken Seite des Platzes schloss nahtlos und im rechten Winkel an die Architektur des mittleren an.

Zwischen dem mittleren und dem rechten Wohnhaus befand sich immer noch eine Lücke, eine Art Niemandsland. Vorsichtig näherte sie sich der Stelle. Sie wusste nicht, was sie dort nach so vielen Jahren erwarten würde.

Sie kam bis zu einer dreieckigen Fläche mit flachgetretener Erde. Auch wenn diese Stelle sicher nicht als Parkplatz zugelassen war, standen zwei Autos darauf. Wahrscheinlich kümmerte es niemanden, was im hintersten Winkel des abgelegenen Platzes geschah. Durch den Maschendrahtzaun am Ende hatte man früher in Bojans Atelier und in den Garten unter seinen Fenstern sehen können.

Valerie schlich hinter die beiden Pkws. Das Gitter des Zaunes war mittlerweile mit einer dunklen Sichtplane abgedeckt. Jemand hatte eine gelbe Tafel montiert, mit dem Hinweis: *Privatgrundstück. Betreten verboten. Das Klettern über den Zaun wird angezeigt.*

Valerie kam sich wie eine Einbrecherin vor und sah sich zur Sicherheit noch einmal um. Ihr Handy hatte sie auf lautlos gestellt, es lag jedoch griffbereit in der Manteltasche. Am meisten fürchtete sie sich davor, dass Bojan sie von hinten überraschen und zur Rede stellen würde. Eine ziemlich irrationale Angst, ja. Aber sie hatte sich angewöhnt, immer mit dem Schlimmsten zu rechnen, sobald sich seine und ihre Wirklichkeit in die Quere kamen.

Die Plane ließ sich am Rand leicht zur Seite schieben.

Auch wenn sie selbst kaum mehr daran dachte – etwas in ihr hatte sich darauf gefreut, diesen kleinen, verwunschenen Garten wiederzusehen. Umso mehr erschrak sie, als sie feststellte, dass von dem ursprünglichen Dickicht aus Unkraut, wild wuchernden Pflanzen und Sperrmüll nichts mehr übrig war. Der alte Kastanienbaum war entfernt und der gesamte Boden angehoben worden. Jetzt war nur noch eine ebene Grasfläche zu sehen, auf der, soviel sie im Dunkeln erkennen konnte, einer dieser typischen Teakholztische und vier dazu passende Sessel standen.

Die Fenster des Ateliers waren hell erleuchtet und nur ungefähr zehn Meter von ihrem Gesicht entfernt. Es gab immer noch keine Vorhänge, so dass man gut hineinsehen konnte. Wahrscheinlich hatte jemand deshalb die Plane entlang des Zaunes angebracht.

Auch drinnen war alles verändert. Bücherregale säumten die Wand, zwei hohe Ohrensessel standen vor einem offenen Kamin. Überhaupt schien der ganze Raum möbliert zu sein, mehrere Stehlampen gaben Licht. Es wirkte jetzt wie eine ganz normale Wohnung.

Ob Bojan noch hier lebte? Sie bezweifelte es. Das Ambiente wirkte sehr bürgerlich. Aber dann fiel ihr Blick auf ein Bild, welches an der hinteren Wand lehnte. Ein Mann flog über eine Landschaft. Er sah wie ein Torero oder ein Tänzer aus, ein Arm zeigte nach unten, der andere war hinauf in den Himmel gestreckt. Sie wusste, dass das Gemälde von Bojan war. Sie kannte seine Farben und seinen Stil.

Sie erinnerte sich, dass Bojan damals zwei oder drei Mal eingeladen worden war, mit seinen Gemälden an einer Gemeinschaftsausstellung teilzunehmen. Aber es gelang ihm nie, sich anzupassen. Meistens hatte er sich bereits im Vorfeld mit den Kuratoren und Galeristen zerstritten. Aus Zorn über die »verrottete Wiener Kunstszene«, wie er es nannte, griff er immer seltener zu Pinseln und Farben.

Stattdessen träumte er davon, sein Atelier zu einem profitablen Ort für kreative Workshops umzubauen. Es wurde nie etwas daraus. Entweder fehlte ihm das Geld für seine ambitionierten Pläne, oder er hatte gerade etwas Besseres zu tun. Im Grunde, fand Valerie, genügte ihm die Behauptung, Maler zu sein – den Fleiß und die Konsequenz, sich in dieser Disziplin zu behaupten, hatte er nie besessen.

Vielleicht hatte sich das in den letzten zwanzig Jahren geändert, und er malte wieder. Sie tippte allerdings eher darauf, dass es sich um eines seiner frühen Gemälde handelte, das sie nicht kannte.

Valerie starrte noch eine ganze Weile auf den fliegenden Mann auf dem Bild. Dann schob sie die Plane vor dem Maschendraht wieder zurück an ihren Platz. Sie war zu dünn angezogen, um noch länger regungslos in der Kälte zu stehen.

Für heute hatte sie genug gesehen.

11

»Nur Huren nehmen die Pille!«, hatte Bojan geschrien und sich auf dem Absatz seiner Stiefel umgedreht. Noch ein Wort von ihr, dachte sie, und er würde die Wohnung verlassen. Also blieb sie still.

Dabei hatte sie es nur nebenbei erwähnt; nachdem er in ihr gekommen war.

»Wenn wir so oft miteinander schlafen, sollte ich die Pille nehmen«, hatte sie gesagt. Und natürlich war dieser Satz Eltern-Logik gewesen, Gelerntes, an das sie sich klammerte, um es richtig zu machen. Aber es galten andere Gesetze, wenn man in den Wald hineinging; vorsichtig zuerst und dann immer tiefer; über die erste kleine Holzbrücke und über die zweite; wenn immer mehr Tannen die letzten Traubeneichen verdrängten. Man konnte es auch so sehen.

Man musste die Dinge, der Fairness halber, auch einmal mit Bojan-Logik betrachten. Sie würde sich, dachte sie, entscheiden müssen; würde endlich wissen müssen, wo sie stehen wollte: im Garten ihrer Eltern oder unter dem Schutz des großen Don.

»Ihr Österreicherinnen nehmt die Pille, weil ihr herumschlafen wollt! Für jeden Mann macht ihr die Beine breit.«

»Aber ich schlafe nur mit dir.«

»Du glaubst vielleicht, dass du etwas Besonderes bist, weil der Herr Papa einen dicken Wagen fährt. Aber überleg mal«, sagte er und schlug dabei mit der flachen Hand auf den Reißverschluss ihrer Jeans, »wie viele Männer du da unten schon hereingelassen hast.«

Er nahm seinen Schlüsselbund vom Tisch.

»Du bist nur eine kleine Hure, sonst nichts!«, sagte er und ging aus dem Zimmer.

Dann hörte sie die Wohnungstür zuschlagen.

Etwa vier Wochen nach dieser Szene waren ihre Brüste angeschwollen, und Vie hatte begonnen, unter Morgenübelkeit zu leiden. Ihre Cousine empfahl ihr eine Frauenärztin.

Dort saß sie stundenlang auf einem unbequemen Sessel im Wartezimmer, dicht gedrängt zwischen anderen Frauen; mit den holzvertäfelten Wänden, den verblichenen Perserteppichen und dem beißenden Geruch von staubigen Büchern erinnerte sie die Praxis an das Arbeitszimmer ihres verstorbenen Großvaters.

Die Brillengläser der Ärztin waren so dick wie Aschenbecher. Nach einer umständlichen Untersuchung blinzelte sie dahinter hervor und teilte ihr mit, dass sie schwanger war.

Vie war verwirrt. Hatte sie nicht schon bei ihrer ersten Begegnung mit Bojan, damals am Flohmarkt, gewusst, dass es so kommen würde? Vielleicht, sagte sie zu ihm, wäre es schön, das Kind zu behalten.

Aber er riss nur die Augen auf und schrie:

»Ich will kein Kind von dir!«

Bojans Mutter kam zu Besuch.

»Na, bist du glücklich? Ein Baby zu bekommen, ist das Größte für eine Frau«, sagte sie, während sie durch den gelben Salon bis in Vies Wohnzimmer stolzierte.

»Lass uns bitte allein«, sagte Bojan und begann, mit seiner Mutter auf Serbokroatisch zu sprechen.

Vie setzte sich auf die Matratze im Kabinett und hörte von fern, wie sein Sprechen in einen klagenden Singsang überging. Als sie sich vorbeugte und durch die offene Tür blickte, sah sie, wie er seinen Kopf in ihren Schoß legte und zu weinen begann.

Jetzt schluchzte er auf Deutsch: »Ich kann von so einer Frau kein Kind bekommen. Sie ist eine Hure, Mama, verstehst du das denn nicht?«

Anfang Dezember, der erste Schnee lag über der Stadt, fuhr Bojan sie mit dem gelben Porsche zur Abtreibungsklinik am Fleischmarkt.

Er blieb sitzen, als sie aus dem Wagen stieg, und strahlte sie mit seinen adriablauen Augen an.

»Ich habe einen Termin in der Garage und weiß noch nicht, ob ich es schaffen werde, dich abzuholen. Aber ruf auf alle Fälle an.«

In der Klinik musste Vie zuerst ein Gespräch mit einer Ärztin und dann eines mit einer Psychologin über sich ergehen lassen.

Noch war nichts entschieden. Ich könnte immer noch aufstehen, dachte sie; einfach aufstehen und gehen.

Aber wohin?

Sie bekam eine Spritze und schlief ein.

Sie träumte von weißen Schwänen; weißen Schwänen, die vom Meer kamen und zu ihren Futterstellen in den Parkanlagen der Stadt flogen.

Als sie aufwachte, brachte ihr eine Schwester Tee.

Sie zog sich an und ging langsam die Stufen zum Ausgang der Klinik hinunter. Ihr war schwindlig.

In der Zwischenzeit hatte es wieder geschneit.

In der nächsten Telefonzelle warf sie zwei Münzen ein und wählte die Nummer von Bojans Atelier, dann die von ihrer Wohnung. Niemand hob ab.

Sie nahm die U-Bahn und fuhr bis zum Karlsplatz.

Sie fühlte sich schwach und setzte sich vor der Karlskirche auf eine Bank. Die Kälte machte ihr nichts aus, nur der Schnee blendete sie.

Hin und wieder drangen die gedämpften Schritte vereinzelter Passanten an ihr Ohr; dabei verlor sie jedes Gefühl für die Zeit. Wie lange mochte sie wohl schon hier sitzen?

Plötzlich blieb jemand vor ihr stehen. Es war der Amerikaner.

Der Amerikaner, der ihr nach dem Sommer mit der Post eine Kassette aus New York geschickt hatte, auf der er Gitarre spielte und dazu ein Lied sang, das er für sie geschrieben hatte.

This is a Love Song, over the Ocean.

Vie war das Lied peinlich gewesen, sie konnte mit der Botschaft nichts anfangen; aber jetzt, als der Amerikaner mit frisch geröteten Wangen vor ihr stand, sie zuerst überrascht ansah und dann lächelte, traf sie etwas, nur für einen Augenblick, mitten ins Herz.

Dafür ist es zu spät, dachte sie; vor hundert Jahren, vielleicht; aber heute war es dafür zu spät.

Heute.

Jetzt.

»Geht's dir nicht gut?«, fragte der Amerikaner und setzte sich neben sie auf die Bank.

»Nein, es ist nichts«, sagte sie, und dann erinnerte sie sich, wie er in ihrer letzten gemeinsamen Nacht davon gesprochen hatte, dass er sie heiraten und mit ihr nach Los Angeles ziehen wolle und dass er sich Kinder wünsche.

Dieser ganze Schnee unter ihren Schuhen.

Sie stand auf und ging nach Hause.

Dort legte sie sich mit einer Wärmflasche ins Bett und fiel in einen dumpfen Schlaf.

»Na, du siehst ja schon wieder ganz munter aus«, sagte Bojan mitten in der Nacht, nachdem er sich zu ihr auf die Matratze gesetzt und sie mit einem leichten Griff an der Schulter wach gerüttelt hatte. Wie froh sie war, ihn zu sehen.

»Komm, wir gehen aus«, sagte er. »Das bringt dich auf andere Gedanken und mich auch.«

Sie fuhren mit seinem Wagen, diesmal war es der Pontiac Firebird, ins U4.

Ihre Bewegungen auf der Tanzfläche löschten alles aus, was eben noch mehrere Tonnen gewogen hatte; Vie konzentrierte sich ganz auf den Rhythmus der Bässe; sie drehte sich um Bojan, und Bojan drehte sich um sie; sie standen voreinander und lachten; und dann beugte er sich vor, ganz nah an ihr Ohr, und schrie gegen die Musik an: »Eigentlich sollten wir heiraten.«

Dann drehten sie sich weiter, zum Sound von Bowie, den Talking Heads und Hansi Lang.

Die Sonne ging auf, als sie zurück in die Innenstadt fuhren. Nach der Pilgramgasse ließ Bojan das Auto auf einem Parkplatz über dem Wienfluss, der die Stadteinfahrt in die Linke und die Rechte Wienzeile teilte. Hand in Hand flanierten sie über den Bauernmarkt, der unterhalb des Naschmarktes begann. Einzelne Männer und Frauen mit sonnengegerbten Gesichtern legten gerade ihre Waren auf Tischen aus.

Sie kauften sich frisch gebackene Schmalzkrapfen, innen noch ganz warm; sie waren mit Kristallzucker bestreut, der beim Hineinbeißen an ihren Lippen kleben blieb.

Vor einem Blumenstand leuchteten bunte, sternförmige Dahlien in Blechkübeln, daneben weiße Heckenrosen. Was kostet der ganze Strauß in dem Kübel da vorn, fragte Bojan die alte Verkäuferin, und dann packte er die orange, lila und pink gesprenkelten Dahlien mit beiden Händen, deutete vor Vie eine Verbeugung an und rief:

»Für dich, Königin der Nacht.«

Am nächsten Morgen wachte sie auf und legte die Hand an ihre pochende Stirn; sie glühte.

Vie schleppte sich in das Schlafzimmer ihrer Vermieterin und suchte in den Nachttischladen nach einem Thermometer (sie erinnerte sich, dort eins gesehen zu haben).

Das Thermometer zeigte vierzig Grad.

Bojan hatte sie in der Früh noch nach Hause gebracht, war dann aber gleich weitergefahren. Er müsse sich jetzt wieder mehr um seine Geschäfte kümmern, hatte er gesagt und sie zum Abschied geküsst.

Sie schlief fast den ganzen Tag.

Als sie schließlich vom Schweiß durchnässt aufwachte, immer noch fiebrig, rief sie ihre Cousine an.

Sie hätte sich lieber ihrer Großmutter anvertraut, aber sie wusste, dass die Aufregung für eine alte Frau wie sie zu viel gewesen wäre.

Ihre Mutter konnte sie in dieser Situation nicht kontaktieren; später vielleicht; jetzt würde ihr dieses ganze Gewirr an Ereignissen, in die sich Vie verstrickt hatte, bloß Angst machen. Ihr Vater hätte auf jeden Fall die Polizei ins Spiel gebracht, da war sich Vie sicher; und davor fürchtete sie sich noch mehr als vor den brennenden Ästen, die das Blut in ihrem Inneren zum Kochen brachten.

Es genügte ja schon, wenn die Polizei herausfand, dass

Bojan ohne Führerschein fuhr (er hatte keinen). Das musste sie verhindern.

Sonst wäre alles aus.

Ihre Cousine fand einen Arzt, der Hausbesuche machte. Er verschrieb ihr ein Antibiotikum.

Danach löste sie sich mehrere Tage lang in Luftblasen auf; blieb einfach liegen und ließ sich von ihren Träumen davontragen; sah sich selbst als Tiefseetaucherin; mit Flossen und Sauerstoffflasche schwebte sie an glänzenden Kraken vorbei, weit unten im Meer.

Irgendwo in der Ferne hörte sie es mehrmals klingeln. Bojan war am Telefon.

»Was ist mit dir?«

»Ich bin krank.«

»Aha. Du musst dich in Zukunft sowieso wieder selbst um dich kümmern. Es gibt ein Festival der Vereinigung des Lichts in Lissabon, zu dem fahren Natascha und ich heute hin. Danach bleiben wir am Meer, solange das Geld reicht.«

»Was soll das heißen?«

»Stell dich nicht dümmer, als du bist, Valerie. Ich fahre für zwei Monate weg. Rechne danach nicht mehr mit mir. Ich habe keinen Kopf für verwöhnte Gräfinnen wie dich.«

»Du weißt genau, dass ich keine Gräfin bin.«

»Geistig schon.«

»Und was ist mit meinen Sachen?« Bojan hatte sich im Lauf der Zeit unzählige Blusen, Schals, Pullover und Mäntel von ihr ausgeborgt, diese aber nie zurückgegeben.

»Die kannst du dir jederzeit holen. Ein Reserveschlüssel für das Atelier liegt immer unter dem Tontopf im Garten.«

Vie tauchte noch einmal hinunter zu den Korallen; sah unter ihren Schwimmflossen auf den Grund; beobachtete eine Ewigkeit, so schien ihr, wie das Wasser die oberste Sandschicht in kleinen Spiralen aufwirbelte.

Am nächsten Tag fühlte sie sich besser. Sie stand auf, duschte und packte in ihren Rucksack Pass, Waschzeug und ein paar Sachen zum Anziehen.

Dann ging sie hinunter, zum Biostand am Markt, und holte sich bei Hans den restlichen Anteil ihres Monatslohns ab. Von dort nahm sie den Bus, fuhr in die Zentrale der Gemeinschaft des Lichts und notierte sich die Adresse des Festivals in Lissabon.

Bojan und sie waren zu weit gegangen, dachte sie, hatten sich zu weit übers Geländer hinausgelehnt; jetzt lag es an ihr, flüsterte der Oberste Rat ihr zu, genügend Mut und Kraft für den bevorstehenden Flug aufzubringen.

»Der Beweis deines Glaubens«, hauchte er, »zeig ihn mir.«

Zum Glück musste sie sich niemandem erklären, um die Adresse zu bekommen. Bereits vor der Tür, draußen im Gang, hing ein großes Plakat, auf dem unter dem Titel »The Path of Light« das dreitägige Zusammentreffen mit allen Daten angekündigt war.

Von der Zentrale fuhr sie direkt zum Westbahnhof und kaufte sich eine Fahrkarte nach Lissabon. Für eine Rückfahrt würde ihr Geld nicht mehr reichen, aber das war jetzt egal. Wahrscheinlich würde sie ohnehin mit Bojan im Auto zurückkommen. Oder weiter, und immer weiter, fahren.

Alles war möglich.

Die Frau am Schalter erklärte ihr, wo sie umsteigen musste; Vie hörte mit halbem Ohr hin; sie sah nur ihr Ziel vor Augen: Bojan und sie in Estoril, unter dem Schutz des großen Don.

Die Fahrt dauerte fast drei Tage; zuerst mit dem Nachtzug nach Paris, dann weiter, am Atlantik entlang, über San Sebastián und Salamanca. Stundenlang saß sie am Fenster ihres Abteils und sah nichts als orange leuchtende Erde und dürres Gras vorbeiziehen.

Während sie die flimmernde Erde nach Zeichen abtastete, nach Hinweisen auf kommende Tage (leichtfüßig, über Blumenrabatte springend), spürte sie Bojans Atem an ihrem Hals; erinnerte sich an seine Haut, die an manchen Stellen wie das weiche Fell eines jungen Fuchses duftete; an seine Küsse, die frisch und salzig schmeckten, wie das stürmische Meer.

Ein Schaffner kam mit Sandwiches vorbei, aber sie hatte keinen Hunger.

Ich bin allein, dachte sie und lächelte aus dem fahrenden Waggon dem weiten Himmel zu; einem Himmel, der sich über der Mittagssonne spannte und dabei strahlte wie gleißendes Glück.

Als sie am Bahnhof Santa Apolónia ankam, mussten Entscheidungen getroffen werden. Wie würde sie zum Veranstaltungsort kommen? Wo sollte sie übernachten? Noch nie war sie auf eigene Faust so weit weg von zu Hause gewesen. Bisher hatten solche Dinge immer ihr Vater oder die jeweilige Schulleitung geregelt.

Vie stand oben in der Eingangshalle und beobachtete mehrere Gruppen von jungen Leuten in ein und dieselbe Richtung gehen. Sie kannte diese Art der Aufgeregtheit von großen Popkonzerten. Also sprach sie ein junges Paar an, das in dieselbe Richtung wie alle anderen ging.

Der Mann sagte: »Just follow us. We are all on our way to the festival.«

Die U-Bahn war voll mit Leuten, die Wanderjacken und bunte Pyjamahosen trugen; die genauso glänzende Augen hatten wie Natascha. Wenn sie besser angezogen gewesen wären, hätte man glauben können, die Stones spielten in der Stadt.

Sie stieg mit den anderen bei der Station Estoril aus.

Auf dem Weg zum Kongresszentrum sah sie einen riesigen Strand und das Meer, aber dafür hatte sie jetzt keine Zeit. Wie sollte sie bei so vielen Menschen Bojan und Natascha finden?

Erst als sie vor dem Eingang der Halle ankam, begriff sie, dass sie eine Eintrittskarte kaufen musste, und stellte sich am Schalter an. Die meisten hatten ihre schon in der Lichtzentrale ihres jeweiligen Heimatlandes erstanden. Das Ticket für den ersten Abend kostete 6500 Escudos, umgerechnet fast 450 Schilling – genauso viel, wie ihr nach der Zugfahrkarte geblieben waren –, aber das spielte jetzt keine Rolle mehr; sie war hier; nur darum ging es.

Kurz nachdem der zweite Gong den Beginn des Abends eingeläutet hatte, wechselte sie ihr österreichisches Geld in Escudos um und erstand eine Karte.

Im Saal herrschte freie Platzwahl; Vie war unter den Letzten, die eingelassen wurden und nach einem Sitz Ausschau hielten. Da, in einer der hintersten Reihen, war noch etwas frei; und während sie sich setzte, ging auch schon die gesamte Deckenbeleuchtung aus; nur noch ein einziges Licht war zu sehen, ganz weit vorn, ein heller Kegel, der auf einen leeren Stuhl auf der Bühne strahlte.

Jetzt war es ganz still.

Wie viele Menschen sich wohl in der Halle befanden? Sie war immer schlecht mit Zahlen gewesen, aber das hier, schätzte sie, war ungefähr drei Mal so groß wie das Police-

Konzert in Nantes, damals, vor sechs Jahren, ihr erstes Konzert überhaupt. Ausnahmsweise hatte sie es mit ihrer Cousine von der Insel Noirmoutier aus besuchen dürfen, wohin sie mit den Eltern gefahren waren, und zwar nur, weil ihre Cousine damals schon achtzehn war.

Wie absurd, dachte Vie, dass heute Zehntausende nach Estoril gereist waren, und trotzdem stand in keiner Zeitung etwas darüber. Gerade war die Raumfähre Challenger auseinandergebrochen; sieben Astronauten waren dabei ums Leben gekommen. Gorbatschow sprach von Abrüstung, Glasnost und Perestroika. Im Vergleich dazu war es für die Presse keine wichtige Meldung, dass Menschen ihr Heil in einem neuen Glauben suchten.

Ein kleiner Mann kam von rechts auf die Bühne; ging rasch in die Mitte und nahm auf dem einzigen Stuhl Platz. Minutenlang saß er einfach nur da; und obwohl Vie so weit hinten war, erkannte sie, dass er einen schwarzen Anzug mit weißem Hemd trug. Der Hautfarbe nach zu schließen, kam es ihr in den Sinn, könnte er aus Indien sein; und dann erinnerte sie sich an das Foto von dem dicken Kind mit Buddha-Lendenschurz in der Zentrale in Wien. Wahrscheinlich, nein, sicher sogar, war er das; genauso rund, nur eben erwachsen und im Anzug eines Geschäftsmannes.

»Today«, hallte es plötzlich im Saal, durch unzählige Lautsprecher verstärkt, denn jetzt hatte der Licht-Guru auf Englisch zu sprechen begonnen; laut, deutlich, bestimmt. Vie konzentrierte sich weniger auf das, was er sagte, sondern vielmehr darauf, wie er es sagte; seine Stimme klang abwechselnd schrill und dann wieder samtweich; Sätze schwebten auf unsichtbaren Ellipsen durch den Raum; ihr Rhythmus hatte eine hypnotische Wirkung:

»Open your mind. Open your heart.«

Sie ließ sich von den Worten davontragen. Nach einer

Weile spürte sie so etwas wie Frieden in sich; fühlte sich so wohl wie seit Jahren nicht mehr; so wohl wie damals in den Armen ihrer Großmutter, wenn sie in ihrem Bett schlafen durfte, gehalten von ihren weichen, warmen Armen, die in den langen Ärmeln eines himmelblauen oder rosafarbenen Polyester-Nachthemdes steckten.

Ständig dieses sinnlose Gerede, dachte Vie, immer musste man dem Geschnatter großräumig ausweichen; aber das hier, eben jetzt, bewirkte etwas in ihr, ergab Sinn; und deshalb ergab es auch Sinn, dass sie Bojan hinterhergereist war, eben jetzt; weil sie beide, solange sie sich erinnerten, Ausschau hielten nach diesem funkelnden Stern, dessen Anblick an etwas Wahres rührte.

Was machte es da schon, dass der Guru, wie einer seiner Anhänger in der U-Bahn freudestrahlend erzählt hatte, im Park seiner Villa in Malibu eine Sammlung von Rolls-Royces stehen hatte. War das wichtig? Möglicherweise, innerhalb einer anderen Wirklichkeitsberechnung, dachte Vie, aber damit wollte sie sich, eben jetzt, nicht weiter beschäftigen.

»Stop judging. Take a look with your heart.«

Sie war noch immer benommen, als sie zusammen mit Tausenden anderen Festivalbesuchern ins Freie trat; spürte weder Hunger noch Durst; draußen war es längst Nacht, aber die Beleuchtung aus der Eingangshalle des Kongresszentrums reichte weit über den Platz und ließ viele, jetzt noch stärker glänzende Augenpaare erkennen.

Rund um sie wurde Englisch, Portugiesisch, Italienisch und Französisch gesprochen. Wo waren Bojan und Natascha? Sie beschloss, vor dem Eingang zu warten. Wenn sie Glück hatte, würden vielleicht ein paar andere Österreicher vorbeikommen, und sie könnte nach den beiden fragen. Feuchte Luft wehte vom Strand über den Platz. Langsam wurde ihr kalt. Sie zog den Reißverschluss ihrer Lederjacke zu. Die schwarzen Umrisse der Palmen, die das Ende des Platzes säumten, ragten in den Himmel wie stumme Wächter.

Plötzlich sah sie ihn, gefolgt von Natascha, aus der Halle kommen.

Bojan. Er war hier.

Ihr Herz fühlte sich leicht an; und der Wind, der sich in ihren Haaren verfing, war jetzt angenehm warm.

Sie ging auf die beiden zu; es wirkte, als würden sie nach etwas Ausschau halten; die längste Zeit sahen sie über ihren Kopf hinweg; aber Vie stellte sich ihnen in den Weg.

»Hallo, hier bin ich«, sagte sie, und sie hasste sich dafür, dass ihr nichts Besseres einfiel. Und jetzt wurde sie von Bojan endlich erkannt; er sah überrascht aus, geradezu verblüfft. Dann bekam sein Blick etwas sehr Hartes.

»Was machst du hier? Wer hat dir gesagt, dass du hierherkommen sollst?«

Sie versuchte, ihn am Arm seiner Jacke festzuhalten, doch Bojan schüttelte sie bloß ab und schrie: »Los, verschwinde und lass mich endlich in Ruhe! Ich will mit dir nichts mehr zu tun haben!«

Dann ließ er sie auf dem Platz zurück und ging, gefolgt von Natascha, die sich noch einmal umdrehte und Vie mitleidig anschaute, hinaus in Richtung der großen Küstenstraße.

Vie fühlte sich wie nach einem Autounfall.

Sehr lange, wie ihr schien, konnte sie nach Bojans und Nataschas Abgang weder Arme noch Beine bewegen; also blieb sie einfach stehen.

Sie übernachtete am Strand. Ein paar schwedische Festivalteilnehmer, mit Schlafsäcken ausgerüstet, hatten sie mitgenommen. Sie hatten Treibholz zusammengetragen und ein Feuer gemacht. Sie legte sich in den Sand, den Kopf auf ihrem Rucksack. Das Feuer gab genug Wärme ab; es machte ihr nichts aus, dass sie sich nur mit einem Pullover zudecken konnte.

Weil sie kein Geld mehr für das Rückfahrticket hatte, erklärten sich die Schweden am nächsten Tag bereit, Vie in ihrem Zugabteil zu verstecken. Sie legten sie auf einem Schlafsack auf den Boden und zogen darüber ihre Sitzbänke aus; so würde sie hoffentlich kein Schaffner entdecken.

Manchmal schoben die Schweden ihre Sitze einen Spaltbreit auseinander und reichten ihr Limonade, Chips oder ein Käsebrot nach unten.

In Paris wechselte sie den Zug und machte dasselbe Versteckspiel mit einer Gruppe von österreichischen Festivalteilnehmern, die sie beim Einsteigen in den Waggon angesprochen hatte.

Zwei Nächte und drei Tage, dann war sie wieder in Wien.

Auf dem Bahnsteig schenkten ihr die Österreicher zum Abschied eine Packung Marlboro.

Der Oberste Rat hatte ihr eine Lektion erteilt, dachte Vie, während sie mit ihrer Reisetasche über die Mariahilfer Straße ging; aber sie hatte durchgehalten. Und in einer fernen Zukunft würde er sie dafür belohnen, da war sie sich ganz sicher.

Sie kam am Café Westend mit seinen staubigen Fensterscheiben vorbei. Eine Sirene ertönte; gleich darauf schoss ein Rettungswagen aus einer Seitengasse; eine ältere Frau im Pelzmantel, die ihr auf dem Gehsteig entgegenkam und sich gerade nach dem Wagen umdrehte, lief in Vie hinein.

»So passen's doch auf«, schimpfte die Frau, aber Vie lächelte sie nur an.

Zum ersten Mal fühlte sich ein Teil von ihr unbesiegbar.

12

Es hatte drei Nächte hintereinander geregnet. Valerie musste bis 28. Dezember warten, bevor sie sich zum zweiten Mal an das Haus anschleichen konnte. Gegen zehn Uhr abends stellte sie ihren Wagen ab, bog zu Fuß in die Sackgasse ein und näherte sich Bojans früherem Atelier. Oder war es das immer noch? Das Gemälde, das sie beim ersten Mal gesehen hatte, sprach jedenfalls dafür.

Nachdem sie die letzten Tage ausschließlich in ihrer Wohnung verbracht hatte – sie hatte vor allem ferngesehen und geschlafen –, war es eigenartig, wieder draußen zu sein. So musste man sich als Freigängerin einer Anstalt fühlen.

Der Boden vor dem Maschendrahtzaun war vom vielen Regen ganz aufgeweicht. Um nicht auszurutschen, setzte sie vorsichtig einen Fuß vor den anderen. Diesmal hatte sie vor, länger durchzuhalten, und war gegen die Kälte gewappnet: Sie trug dicke Socken, Winterstiefel, ihren wärmsten Pullover, darüber einen dunkelblauen Anorak. Außerdem hatte sie sich eine schwarze Haube tief ins Gesicht gezogen und um ihren Hals einen schwarzen Schal gewickelt. Aus einer beleuchteten Wohnung heraus würde sie in diesem Aufzug niemandem auffallen. Auch im Schatten des Zaunes würde sie von Fußgängern, sollten in dieser Ecke überhaupt welche vorbeikommen, kaum gesehen werden.

Sie zog das Ende der grünen Abdeckplane ein Stück vom Maschendraht weg und betrachtete durch die Lücke das Haus. Im ersten Stock sorgten mehrere Stehlampen für ein warmes, heimeliges Licht, genau wie beim letzten Mal.

Über der Lehne des großen Ohrensessels schien diesmal eine Hand zu liegen, aber vielleicht bildete sie sich das auch nur ein.

Ein Fernglas oder ein Operngucker wären jetzt hilfreich gewesen. Nur zwei Gassen von ihrer Wohnung entfernt gab es ein Geschäft für Jagdbedarf, an dem sie oft vorbeikam, weil es zwischen ihrer Putzerei und einer Eisenwarenhandlung lag, in der sie sich seit Jahren mit Töpfen, Pfannen, Nägeln und Glühbirnen eindeckte. In der Auslage waren nicht nur Gewehre, sondern auch Feldstecher in drei verschiedenen Größen ausgestellt, ihr Gehäuse war mit einer matten, dunkelgrünen Schicht überzogen. Sie hatten ihr schon immer gefallen, und jetzt bereute sie es, dass sie nie hineingegangen war, um sich einen davon zu kaufen.

Ein zartes Jammern schreckte sie aus ihren Gedanken auf. Hinter dem Zaun bewegten sich zwei hellgrüne Punkte im Zickzack auf sie zu. Im ersten Moment erschrak sie, begriff dann aber, dass es die Augen einer Katze waren. Sie leuchteten im Dunkeln. Wahrscheinlich hatte die Katze die Geräusche gehört, die Valeries Schuhe auf der nassen Erde machten, und war neugierig geworden. Ein paarmal miaute sie unschlüssig, dann sprang sie den Mauersockel hinauf und blieb vor dem Spalt der Plane stehen.

Valerie bückte sich und steckte einen Finger durch den Zaun. Das schwarze Fell war ganz feucht. Die Katze rieb ihren Kopf am Maschendraht und beschnupperte Valeries Finger. Die feinen Schnurrhaare kitzelten auf der Innenseite ihres Handgelenks. Während sich die Katze von ihr streicheln ließ, behielt Valerie den Garten und die Fenster des Ateliers im Blick. Sie musste vorsichtig sein, sonst würde noch jemand wegen des Tiers auf sie aufmerksam werden.

Nach einer Weile wurde eines der hohen Fenster geöffnet. Aufgeschreckt durch das Geräusch, machte die Katze einen Sprung zur Seite und huschte davon. Instinktiv schob Valerie die Plane zu, aber dann erinnerte sie sich, dass zwar sie durch ihren schmalen Spalt alles sehen konnte, aber jemand aus zehn Meter Entfernung nicht sie.

Sie stand auf und zog den Stoff wieder ein kleines Stück zur Seite. Im Licht der Wohnung war jetzt eine Frau im offenen Fenster zu sehen. Ihre dunklen Haare waren zu einem langen Zopf geflochten, der über ihre Schulter nach vorn fiel. Jetzt schob sie den Zopf mit einem Arm zur Seite, beugte sich nach vorn und rief in die Nacht hinaus:

»Kathi … Miez-miez, Miez-miez … Kathi, komm herein.«

Während Valerie hinter dem Zaun stand, erinnerte sie sich an etwas, das ihr Bojans Mutter einmal erzählt hatte. Mama, hatte ihr Sohn angeblich gesagt, es mache ihn jedes Mal ganz verrückt, wenn er ein Mädchen mit langen Haaren sehe, er müsse es dann sofort haben.

Wenn das hier oben seine Freundin war, dachte sie, dann hatte er es – wieder einmal – geschafft.

Die Frau mit dem Zopf rief noch ein paarmal nach ihrer Kathi. Dazwischen klopfte sie immer wieder auf eine Holzplanke, die vom Fenstersims auf einen Mauervorsprung führte. Offensichtlich konnte die Katze über die Planke hinaus in den Garten gehen.

Tatsächlich sprang sie jetzt mit einem Satz von einem der Gartenstühle auf die Mauer, spazierte auf dem Brett hinauf und hüpfte, an der Frau vorbei, in die Wohnung.

Die Frau drehte den Kopf nach hinten und rief in den Raum hinein: »Sie ist wieder drin.«

Dann schloss sie das Fenster.

13

Vom Bahnhof war Vie direkt zu Bojans Atelier gegangen.

Sie würde sich nicht so leicht vertreiben lassen, hatte sie, auf dem klebrigen Linoleumboden im Zug liegend, beschlossen. Sie hoffte, dass der Wohnungsschlüssel immer noch unter dem Tontopf im Garten liegen würde. Es fühlte sich alles logisch an – schließlich hatte er das ganze letzte halbe Jahr bei ihr gewohnt. Jetzt war sie an der Reihe.

Bevor sie nach Portugal gefahren war, war mit der Post ein Brief ihrer Vermieterin gekommen. Darin hatte sie Vie gebeten, bis Ende des Monats auszuziehen. Sie würde mit ihrem Mann zurück nach Wien kommen und hätte daher wieder Bedarf an allen Räumen, und so weiter.

Vie blickte auf ihre Existenz, vor allem auf ihr bisheriges Verhältnis zu Bojan, wie auf ein Schachbrett. Jeder ihrer nächsten Züge konnte der falsche sein. Deshalb meldete sie sich weder bei Günter noch bei ihren Eltern und traf sich mit niemandem.

Wo lag der Anfang?

Vielleicht in diesem ersten Frühlingstag, auf dem Flohmarkt, als sie zum ersten Mal seinen Namen vernommen hatte.

Mit Zimbeln und Windlichtern.

Vielleicht fünf Jahre zuvor, bei ihrem unfreiwilligen Besuch eines Mediums, zu dem sie ihre Mutter mitgenommen hatte.

»Sie müssen einen aufrechten Weg einschlagen, sonst

werden Sie einem Prinzen begegnen. Und der wird sie in den dunkelsten Wald führen«, hatte die Frau gesagt. Dabei blinzelte sie ohne Unterlass auf den höchsten Punkt an der Tapetenwand gegenüber und legte die aufgedeckten Spielkarten zu immer neuen Stößen zusammen.

Nein, in Wirklichkeit war sie ein britisches Medium und hatte nur Englisch gesprochen:

»... Prince Charming will show you your darkest forest. Do you understand?«

Ständig ließ sich ihre Mutter von Wahrsagern und Kartenlegerinnen die Welt erklären.

Oder aber – zurück auf fast null: Der Anfang lag in ihrer ersten Nacht als Säugling im elterlichen Badezimmer: »Man kann den Babys das Schreien zu ihrem eigenen Besten abgewöhnen«, hatte der Kinderarzt gesagt und ihrer Mutter empfohlen, sie nach dem ersten *Füttermonat* nachts im Bad einzusperren.

»Die Badezimmer-Methode war damals ganz neu und hat wunderbar funktioniert«, erzählten ihre Eltern später immer wieder abwechselnd und lachten dabei. »Drei Nächte lang haben wir dich da drin brüllen lassen, ab dann warst du ganz ruhig.«

Für immer und immer allein.

Der Boden im Garten war matschig und gab unter ihren Schuhen nach; es musste mehrere Tage lang geregnet haben. Sie hob den feuchten, mit Moos bewachsenen Tontopf auf und fand darunter zwei Schlüssel, die mit einem Stück Spagat zusammengeknüpft waren. Ihre Hände zitterten; die dünne Lederjacke war zu kalt für die Jahreszeit, sie musste sich schnell unter Bojans Sachen etwas Wärmeres zum Anziehen suchen.

Sie ging in das Wohnhaus hinein, nahm die Treppe in

den ersten Stock und schloss – zum ersten Mal selbst – die schwere Eisentür zum Atelier auf.

Drinnen war es bereits dunkel. Feuchte, abgestandene Luft kam ihr entgegen, wie auf einem alten Dachboden. Sie suchte nach dem Lichtschalter an der Wand, aber er funktionierte nicht, auch die Tischlampe ließ sich nicht anmachen. Wahrscheinlich war der Strom abgestellt worden. Sie würde sich darum kümmern müssen.

Die Sachen aus ihrer Wohnung würde sie in den nächsten Tagen holen. Heute, dachte sie, war der richtige Tag, um hier einzuziehen. Man musste nur den richtigen Anfang wählen; alles andere würde sich dann von selbst ergeben.

Langsam, um nicht über irgendwelche Taschen oder Kisten, die im Weg standen, zu stolpern, tastete sie sich vor und ging in den großen Saal hinein, bis zu dem alten gusseisernen Ofen, der neben dem Bett in der linken hinteren Ecke stand. Hier hatte immer eine Schachtel Zündhölzer gelegen, erinnerte sie sich, und vielleicht würden, wie bei ihrem letzten Besuch, auch noch ein paar Kerzen herumstehen.

Auf dem Ofen lag ein Feuerzeug, mit dem sie eine dicke Kerze anzündete, die auf einem Silbertablett am Boden stand. Es gab noch einen Stapel Holz. Sie holte ein paar Zeitungen vom Schreibtisch im Vorraum, machte kleine feste Papierbälle und versuchte, ein Feuer im Ofen zu machen.

Es dauerte lange, bis der Kamin endlich anzog und die Flamme nicht mehr erlosch. Als es richtig brannte, legte sie etwas Holz nach und machte die Ofentür zu.

Sie wickelte sich in die Bettdecken auf dem Sofa ein und lauschte dem Knistern.

Trotz des Feuers, das durch das Sichtfenster im Ofen

einen Teil des Raumes erhellte, wirkte der Saal nackt und verlassen.

In Gedanken sprach sie mit ihm.

»Wir werden das zusammen durchstehen.«

Sie dachte an das Haus ihrer Eltern. Dort oben in Döbling, in der besseren Gegend von Wien, musste niemand etwas durchstehen. Lockere Dachziegel, Unkraut am Rande der Kieswege oder Vorhangstangen, die poliert werden mussten. Für alles gab es Spezialisten, eine Firma des Vertrauens, die sich über Jahre bewährt hatte und innerhalb von wenigen Stunden ihre besten Leute schickte; damit das Leben wieder reibungslos ablaufen konnte; so, wie es sich nach Ansicht von Menschen gehörte, deren Vorfahren es bereits zu etwas gebracht hatten.

Das brennende Holz zischte und tobte, trotzdem wurde es nicht wärmer. Die Feuchtigkeit des Bettzeugs kroch in ihren Körper.

»Du wirst durchhalten«, sagte sie zu sich selbst.

Dann schlief sie ein.

Als sie am nächsten Tag aufwachte, war das Feuer längst ausgegangen und der Ofen nur noch lauwarm. Sie zog sich an, öffnete trotz der Kälte ein paar der hohen Flügelfenster, um durchzulüften, und trat hinaus ins Freie.

Auf der Straße gegenüber gab es ein Kaffeehaus. Sie ging hinein, setzte sich an einen Tisch am Fenster und bestellte von den letzten Münzen, die sie aus einem Marmeladenglas vom Schreibtisch im Atelier genommen hatte, zwei Buttersemmeln und heiße Schokolade.

Bojan hatte mit dem Geld, das sie ihm gegeben hatte, nicht die Heizung einbauen lassen. Sie würde das jetzt machen.

Aus den Tageszeitungen, die im Café auslagen, notierte

sie sich die Kontaktdaten aller in Frage kommenden Stellenangebote.

Sie ging zurück ins Atelier; rief bei einer Druckerei an, in der die Stelle einer Telefonistin frei geworden war, und machte einen Vorstellungstermin aus; sie duschte und zog sich saubere Sachen an.

Am nächsten Tag hatte sie die Stelle probeweise bekommen.

Zum ersten Mal verdiente Vie ein richtiges Gehalt.

»Druckerei Hofer, guten Tag …«

Vie spielte Telefonistin.

Ihr Arbeitsplatz war ein verglaster Vorbau neben dem Eingang der Firma. Der Apparat, ein breiter, weißer Kasten mit mehreren Knöpfen und Tasten, läutete ständig. Vie verband die Anrufer zu den einzelnen Abteilungen. Manchmal auch nicht, weil sie zu spät abhob oder die falsche Tastenkombination drückte, denn heimlich las sie währenddessen zwei Romane von Somerset Maugham und ein Lexikon über Tiere im Wald. Sie hatte die Bücher aus dem Regal ihrer ehemaligen Vermieterin genommen.

Eine der Buchhalterinnen mochte sie. Eines Tages kam sie zu ihr in die Telefonzentrale und fragte, ob sie mit ihr am übernächsten Samstag an einer Busfahrt durchs Burgenland teilnehmen wolle.

»Ein bekannter Fernsehmoderator macht die Fahrt, nämlich der« – jetzt holte sie kurz Luft, bevor sie Vie stolz anlächelte – »der Peter Rapp.«

Vie (einen mexikanischen Poncho tragend, die Haare zu zwei Zöpfen geflochten) starrte geradeaus und suchte nach einer Antwort.

Als nichts kam, fragte die Buchhalterin:

»Oder was machst du so am Wochenende?«

Vie sah sie weiter starr an und sagte, sie würde Ausflüge mit dem Bus verabscheuen.

Von da an hielt sich die Buchhalterin von ihr fern.

Vie zahlte die ausstehende Strom- und Gasrechnung ein. Am übernächsten Tag kam ein Mann von den Wiener Stadtwerken und hob die Plombierung am Gas- und Stromkasten auf. Jetzt gab es im Atelier wieder Licht.

Als die eigentliche Telefonistin aus ihrem Mutterschutz zurückkam, bot ihr die Druckerei eine Stelle als Fließbandarbeiterin an. Sie brauchte das Geld, um die Heizung im Atelier einbauen zu lassen.

Von nun an arbeitete sie acht Stunden am Tag in der Produktionshalle, zusammen mit drei anderen Frauen. Gleich dahinter liefen mit viel Lärm die Papierzuschneide- und Druckmaschinen.

Ihre Aufgabe war es, die Seitenanzahlen der fertigen Sparbücher zu kontrollieren, das Plansoll waren tausend Sparbücher am Tag.

Manchmal rannte eine ihrer Kolleginnen dem Montage-Lehrling hinterher und rief: »Bei der nächsten Weihnachtsfeier füll ich dich mit Schnaps ab, und dann schlepp ich dich mit zu mir nach Haus!«

Oder die älteste Fabrikarbeiterin schlurfte an ihr vorbei, weißhaarig, die hängenden Brüste wölbten sich unter ihrem Kittel, und sagte:

»Ich hab da jetzt was ganz Junges.«

Dann zeigte sie auf einen gutaussehenden Burschen, der die fertig gepackten Kartons hinunter zu den Lieferwagen trug.

»Ja, der will gar nicht mehr weg. Wohnt jetzt auch bei mir.«

Wie geht das?, fragte sich Vie. Was sah dieser junge Mann in ihr? Und dann versuchte sie sich vorzustellen, wie sich die beiden abends, nachdem die Frau gekocht hatte, liebten.

Sie schlief schlecht. Im Traum verfolgten sie das monotone Durchblättern der Sparbücher und das Hämmern der Zuschneidemaschinen. Bald verstand sie, warum sich jemand eine Waffe besorgte, nach Hause fuhr und dort zuerst seine Familie und dann sich selbst auslöschte. Sie stand in der Produktionshalle und wusste, dass nach drei Millionen Sparbüchern jeder dazu in der Lage war.

Wann würde Bojan endlich zurückkommen? Sie vermisste ihn. Jetzt, wo sie zwischen all seinen Sachen wohnte, fühlte sie sich ihm näher denn je.

Als es im Atelier kein Holz und keine Kohle mehr gab, begann sie, Stühle, die zusammengeklappt im Abstellraum standen, mit Hammer und Fuchsschwanz zu zerlegen und damit den Ofen zu heizen. Sie waren lackiert, außerdem waren sie feucht; der Gestank des Rauches war gewaltig.

Irgendwann rief sie einen Installateur an, der sich in einem *Bazar*-Inserat als günstiger Experte für Zentralheizungen angeboten hatte. Er kam im Atelier vorbei und machte ihr einen Kostenvoranschlag.

Bevor er ging, sah er sich in dem feuchten, schmutzigen Chaos im Atelier um und sagte: »An deiner Stelle würd ich einfach mal irgendwo anfangen.«

Nachdem sie das Anschließen des Boilers und der Heizkörper bezahlt hatte, kündigte Vie ihren Job in der Druckerei. Endlich würde sie einfach nur wohnen; sie hatte nicht vor, sich so bald einen neuen Job zu suchen.

Befreit von ihrer Fließbandexistenz, verfiel sie in einen tagelangen Rausch; entrümpelte das gesamte Atelier; putzte die Fenster; schrubbte die Fußböden und polierte sie mit Bienenwachs.

Sie räumte den Schreibtisch auf, überzog die Betten frisch und stellte in die Mitte des Saales einen großen Krug mit den ersten Frühlingsblumen vom Markt.

Sie lehnte sich an eine der beiden Säulen im großen Saal und sah sich um.

Was jetzt?

Im Küchenregal hatte sie ein Buch über Homöopathie entdeckt. Stundenlang lag sie auf dem Hochbett über dem Vorzimmer und studierte Tabellen mit Symptomen und Arzneimittelbildern.

Sepia (Tintenfisch). Bei Bänderschwäche und Senkungsgefühl der inneren Organe. Verschlechterung: vormittags; auf der linken Seite.

Die Analogien gaben ihr Halt; bald konnte sie die meisten von ihnen auswendig.

Stramonium (Stechapfel). Angst vor glänzenden Gegenständen, fließendem Wasser, großen Tieren, vor dem Alleinsein.

Und dann, an einem Vormittag im April, hörte sie endlich, wie von außen ein Schlüssel im Schloss gedreht wurde. Ihr Herz pochte, während sie die Leiter vom Hochbett herunterstieg.

Als sie unten war, kam Bojan mit zwei Reisetaschen zur Tür herein.

Einen Moment lang starrte er sie bloß an. Dann fasste er sich, stellte sein Gepäck ab und ging in den Saal; er drehte eine Pirouette um den Krug und sah sich jeden

Heizkörper einzeln an; ging ins Badezimmer und betrachtete den Boiler.

Irgendwann kam er zurück ins Vorzimmer, breitete seine Arme aus und lächelte.

»Na komm schon her.«

Lange lag sie, fest umschlossen, an seiner Schulter; spürte durch ihr Nachthemd seine heiße, behaarte Brust.

Manchmal musste man dem Sturm trotzen, kam es ihr jetzt in den Sinn. Und im selben Augenblick spürte sie, wie ein warmer Lichtstrom durch ihren Körper floss; und sie verstand, dass das, was sie miteinander verband, etwas Großes war, größer als alles andere.

Und der Oberste Rat gewährte ihnen goldene Tage.

Sobald Bojan wach wurde, oben im Hochbett, kam er über die Leiter nach unten, warf ihr Kusshände zu und tanzte nackt durchs Atelier. Während sie das Frühstück zubereitete, baute er den marokkanischen Couchtisch mit zwei Stühlen auf.

Heute ist die Sonne dort, sagte er, und stellte alles vor das hinterste Fenster im Saal. Heute ist die Sonne hier, hörte sie ihn das nächste Mal singen, und dann öffnete er die Flügel eines anderen Fensters, kleidete das Sims mit Kissen und Bettdecke aus. Er sprang hinauf, um sich wie in eine Chaiselongue zu legen; die Füße nach oben gerichtet, auf dem Holz abgestützt. Dann ließ er sich von ihr Toastbrote und den Telefonapparat reichen, sah abwechselnd in den Garten hinaus und unterhielt sich mit ihr.

Oder aber der Tisch stand, sobald sie aus der Küche kam, beim Ofen (obwohl sie jetzt Zentralheizung hatten).

»Weil es hier am gemütlichsten ist«, sagte er, zufrieden mit seiner Wahl, und lächelte sie an.

Alle Möbel im Atelier, sagte er, müsse man jederzeit wie Requisiten umstellen können.

Immer hatte er einen Plan.

Nach dem Essen nahm er Papier und Kohlestifte; und dann zeichnete er Katzen, Papageien, Flamencotänzer; einzelne, in der Luft schwebende Stiefel; sich selbst mit Schnurrbart und Sonnenhut.

»Sag mir, was du willst, und ich mache es für dich.«

Sie wünschte sich einen Puma, der Gitarre spielte; Katzen in Herrenanzügen, mit Aktentaschen unter dem Arm; nackte Frauen, die über Seerosen sprangen.

Vie sammelte die losen Blätter ein; befestigte sie mit Klebeband an Türen und Wänden; legte sie andächtig in eine Mappe hinein; las Bojan Gedichte von Trakl vor; massierte seine Füße.

Ein Glanz lag über den Dingen.

Aber es gab Wetterumschwünge. Einige Geschäfte von Bojan platzten. Das Geld, das sie in der Druckerei verdient hatte, war aufgebraucht. Anwaltsbriefe wurden zugestellt.

Eines Morgens kam ein Monteur von den Stadtwerken und drehte – wieder einmal – Gas und Strom ab. Am Nachmittag trieb Bojan einen Bekannten auf, der ihm zeigte, wie man die Plombierungen unauffällig löste. So kochten und heizten sie illegal weiter.

Natascha, die jetzt als Altenpflegerin arbeitete, kam regelmäßig vorbei und brachte Essen mit. Ab und zu übernachtete sie bei ihnen, richtete sich ihren Schlafplatz hinter dem Paravent im Badezimmer ein. Abends, wenn sie nach Hause kam, ließ sich Bojan von ihr massieren. Oft schlief er danach in ihrem Bett.

Die Post brachte weitere Anwaltsbriefe. Zahlungsverzüge, Unterschlagungen, Verstöße gegen die Gewerbeordnung. Die Delikte, um die es ging, waren kompliziert. Bojan hantierte angespannt mit dem Briefmesser. Manchmal kommentierte er später mit wenigen Sätzen das Gelesene.

Vie verstand nur, dass andere Leute schuld waren. Die anderen, sagte er, seien dumm, kleingeistig und spießig. Oder er sagte:

»Sie sind reich und herablassend. Es macht ihnen Spaß, mich fertigzumachen.«

In jedem Fall waren sie seine Feinde.

Sie gab ihm recht.

Sie wollte alles richtig machen.

An einem Sonntag, zum Beispiel, brachte sie den Müll hinunter. Auf dem Weg zurück warf sie einen Blick in den Garten. Auf der schwarzen, vom Winter durchtränkten Erde war noch immer alles voller Schneeglöckchen. Tapfer streckten sie sich der Sonne entgegen, obwohl sie um diese Jahreszeit nie so hoch stand, dass ihre Strahlen bis auf den Boden fielen.

Als sie zurückkam, saß Bojan an seinem Tisch im Vorzimmer.

»Ich brauche eine Schreibmaschine, um darauf zu antworten«, sagte er und deutete auf ein paar Briefe.

»Einem Ausländer wie mir vertrauen die Leute nicht. Aber du könntest ja mal bei den anderen Parteien im Haus anläuten und fragen, ob uns jemand eine borgen kann.«

Sie wollte ihm unbedingt helfen; zog ein sauberes Kleid an und band die Haare zu einem ordentlichen Knoten zusammen; ging durch den Hof in eines der vorderen Wohnhäuser.

Bei der dritten Tür hatte sie Glück. Eine ältere Frau ließ sie im Eingang warten und kam mit einer tragbaren Schreibmaschine wieder.

»Bitte schön, junge Dame.«

»Vielen Dank, wir bringen sie noch heute zurück.«

Er diktierte, sie schrieb.

»Fang noch einmal von vorne an.«

Er diktierte. Sie schrieb; spannte neue Papierbögen ein.

Irgendwann sagte sie: »Wie oft möchtest du es denn noch versuchen?«

Er machte einen Schritt auf sie zu. »Warum fragst du so blöd?«

»Ich meine ja nur, weil ich versprochen habe, dass wir die Schreibmaschine heute noch zurückbringen.« Sie verstand nicht; glaubte, dass er froh über ihre Hilfe wäre, weil sie besser Deutsch schreiben konnte als er.

Sie verstand nicht; die fremden Laute, die plötzlich aus ihr herauskamen, während sie den Schmerz ausblendete; diesen Schmerz zuerst einordnete, was lange dauerte; ihn für später aufbewahrte; ihre Arme schützend vor den Kopf hielt; seiner Faust abwechselnd zu früh oder zu spät auswich; in die Knie ging; auf dem Heizkörper aufprallte.

Und während ein Teil von ihr mit diesen komplizierten Vorgängen beschäftigt war, verlangte ihr Bojans Zorn Respekt ab; blieb ihr Mund geöffnet, so erstaunt war sie, wie leicht er die Grenze zwischen ihren Körpern durchbrach.

Ständig verhielten sich alle zueinander, dachte sie, auf Familienfeiern, Empfängen, Konferenzen.

»Da muss man sich richtig verhalten«, hörte sie ihren Vater sagen; und jeder ließ jeden gewähren; weil er wusste, dass es bald vorbei sein würde; weil er zurück in sein Zimmer gehen würde, oder in sein Haus; und dann wäre es endlich vorbei, das Aufreiben, das Missverstehen; dann konnte man sich wieder im Stillen verachten.

Aber diese Entfernung zwischen ihnen hatte Bojan überschritten. Der neue Heizkörper war gut montiert, dachte sie, während sie abrutschte, während sie zu Boden glitt; er hatte nicht nachgegeben, auch nicht unter Bojans Fußtritten.

Dass ein Mensch den Mut hatte, sich so viel Platz zu verschaffen. Ihr rechtes Auge brannte; ihr Hinterkopf pochte; aber sie hatte durchgehalten, bis der Sturm vorbei war; und dann war sie aufgestanden und hatte sich im Bad das Gesicht gewaschen.

»Das hat jetzt lange genug gedauert. Geben Sie sofort mein Eigentum zurück«, rief die Frau, als Vie ihr die Schreibmaschine zurückbrachte. Sie riss ihr das Gerät aus der Hand und schlug die Wohnungstür zu.

Beim nächsten Mal, beschloss Vie, würde ihr der Oberste Rat helfen, das Aufziehen des Gewitters zu verhindern. Bis dahin hätte sie Bojans Gesetze verstanden.

An diesem Abend nahm Bojan sie mit in ein neues makrobiotisches Restaurant. Die kleinen Berge auf den Tellern, mit Körnern und zu Würfeln geschnittenem Gemüse, sahen wie Spielzeuglandschaften aus. Der Kellner war mager und erklärte ihnen die Philosophie der Küche. Nach dem Essen servierte er ihnen heißen Pflaumenschnaps. Bojan, der nie Alkohol trank, bekam dunkelrote Wangen. Auf einmal erschien er ihr schöner als je zuvor.

Nach dem Essen spazierten sie Hand in Hand zu seinem Auto und fuhren auf den Kahlenberg hinauf. Vom Parkplatz marschierten sie bis zu einer Wiese, von der man den besten Blick über Wien hatte. Nebeneinander setzten sie sich auf eine Bank. Bojan legte seinen Kopf in ihren Schoß und sah sie lächelnd an; es war seine Art, sich bei ihr zu entschuldigen. Kurz darauf schlief er ein.

Vie interessierte sich nicht für die bunten Lichter der Stadt, die sich unter ihren Füßen ausbreitete. Lieber starrte sie in den schwarzen Himmel. Nach einer Weile flammte ein Leuchtkörper auf und flog durch die Dunkelheit. Das konnte keine Sternschnuppe sein, denn Sternschnuppen waren kleiner und verglühten gleich wieder. Das hier musste ein Komet sein, dachte sie, während sich das Leuchten in der Finsternis auflöste, ein Zeichen für etwas Unendliches.

Später machte Bojan zu Hause ein Feuer im Ofen und legte davor eine Matratze mit Decken auf den Holzboden. Sie hatte immer noch Schmerzen, aber es war ihr egal.

Er zog sie langsam aus. Sie liebten sich.

Als es vorbei war, blieben sie nackt nebeneinander liegen. Bojan flüsterte: »Möchtest du ein russisches Lied hören?«

Leise fing er zu singen an; sie verstand die Worte nicht, aber sie kannte die Melodie – es war *La donna è mobile* aus *Rigoletto*. Ihr Vater liebte Verdi und hatte sie früher oft in die Wiener Staatsoper mitgenommen.

»Ich möchte es auch können«, sagte Vie, und weil sie sich den fremden Text so schlecht merken konnte, bat sie ihn wieder und wieder, von vorne anzufangen.

»Hat er dich geschlagen?«, fragte Bojans Mutter, als sie in der Woche darauf zu Besuch kam und Vies Auge sah, das nicht mehr rot und leicht geschwollen war, sondern inzwischen grün und blau unterlaufen.

Tatsächlich sah ihr Gesicht, wie sie selbst überrascht wahrnahm (im Vorbeigehen an Spiegeln, im Bad, im Vorzimmer, auf der Straße), nach einem ziemlich schlimmen Zusammenstoß aus, in das mindestens eine Autotür, ein gröberes Werkzeug oder Pferdehufe involviert waren. Dabei konnte, wollte sie sich kaum mehr erinnern – nein, natürlich doch.

So leicht ging das also, dachte Vie, während sie auf dem Markt Obst und Gemüse besorgt hatte, dass Frauen mit einem blauen Auge ihrer Wege gingen; sich so verhielten, als wäre in ihrem Gesicht nichts Ungewöhnliches. Oft genug hatte sie diese Frauen beobachtet, verschämt, aus dem Augenwinkel. Jetzt war sie eine von ihnen.

»Ja, das war dein Sohn«, sagte sie.

Bojans Mutter sah sich im Vorzimmer um.

»Sind wir allein?«

Sie setzte sich auf die Bank und sagte: »Die Männer in Serbien sind alle so. Sein Vater hat immer den Gürtel aus der Hose gezogen und ging damit auf unsere Tochter los. Ich habe mich nicht getraut, ihn aufzuhalten, das hätte ihn noch wütender gemacht. Nur Bojan musste er in Ruhe lassen, er war als Kind zu oft krank.«

Sie zupfte ihre blonden Locken zurecht und ließ die überkreuzten Beine baumeln.

»Wirst du ihn anzeigen?«

»Nein, natürlich nicht.«

»Du bist ein gutes Mädchen. Der liebe Herrgott wird es dir danken.«

Bojan kam nach Hause und sah sie zusammen auf dem Sofa sitzen. Mit lautem Knall warf er einen Stoß mit Zeitungen und Briefen auf den Schreibtisch.

»Was machst du schon wieder hier, Mama? Ich habe dir

gesagt, dass ich heute keine Zeit habe! Na los, komm schon, du gehst jetzt mit mir hinunter.«

Zwei Stunden später rief seine Mutter im Atelier an.

»Ist er weg? Kann er uns sicher nicht hören?«, fragte sie, und dann flüsterte sie in den Hörer: »Ich lasse mich von niemandem hinausschmeißen, schon gar nicht von meinem Sohn, meinem eigenen Fleisch und Blut. Das wird ihm noch leidtun. Erinnere dich an meine Worte.«

14

Am 29. Dezember wurde Valerie durch das Läuten der Türglocke geweckt. Als sie im Pyjama an der Küche vorbeikam, warf sie einen Blick auf die Wanduhr über dem Kühlschrank. Es war bereits kurz vor zwölf.

Ein Mitarbeiter von DHL fragte, ob er bei ihr ein Paket für die Nachbarin abgeben könne. Der Geruch von frisch gebackenem Kuchen zog durch das Stiegenhaus, während sie in der offenen Wohnungstür stand und die Übernahme auf seinem Scannerdisplay bestätigte.

Sie stellte das Paket auf den schmalen Tisch neben der Tür, ging in die Küche und machte Kaffee. Dann kramte sie aus einer der unteren Küchenladen ihre Sammlung an Rezeptbroschüren und aus Zeitschriften gerissenen Seiten mit Kochanleitungen heraus.

Ganz unten lag auch das vergilbte Heft ihrer Großmutter. Im Laufe der Jahre hatte sie alle Rezepte, die sie für gut genug befand, von Hand mit Füllfeder hineingeschrieben, darunter auch die Anleitung für das Backen von einfachen Butterkeksen mit Zimt, die Valerie schon immer am liebsten gewesen waren.

Es wurden keine besonderen Zutaten benötigt. Mit einem Blick in den Kühlschrank und in den Vorratskasten vergewisserte sie sich, dass alles da war. Sie stellte Eier, Zucker und Mehl auf der Arbeitsfläche bereit. Dann drehte sie das Backrohr auf und begann, die Butter in kleine Stücke zu schneiden, damit sie schneller weich wurde und sich besser verkneten ließ.

Sie hatte seit Jahren keine Kekse mehr gebacken, fiel ihr

jetzt ein. Genau genommen, seit Bea dreizehn oder vierzehn Jahre alt geworden war und sich nicht mehr für den ganzen Weihnachtsquatsch, wie sie es nannte, interessierte. Wobei sie es ihrer Tochter natürlich auch nicht leichtgemacht hatte, solche Feiertage in guter Erinnerung zu behalten. Sie hatte die großen Momente der Geborgenheit, von denen in Kinderbüchern immer die Rede war, nicht herstellen können.

Auch beim Weihnachtsbaum hatte sie von Anfang an versagt. Im ersten Jahr kaufte sie eine lebende Tanne in einem großen Plastikkübel mit Erde, weil ihr das umweltschonender vorkam (es war damals viel vom Baumsterben die Rede gewesen). Sie goss den Baum dann abwechselnd zu viel und zu wenig, wahrscheinlich eher zu viel. Die Nadeln waren zwar irgendwann trocken geworden, aber als sie das Ding Mitte Jänner endlich entsorgen wollte, bewegte sich die Erde im Kübel – sie war voll mit Würmern und Käfern.

Die Idee, dass sie in den letzten Wochen mit einer ganzen Schädlingskolonie zusammengewohnt hatten, und das mitten in der Stadt, war für sie so ein Schock, dass sie im nächsten Jahr eine grellgrüne Plastiktanne erstand, deren Äste man wie einen Regenschirm zusammenklappen konnte. Ganz praktisch oben auf ihrem Kleiderschrank verstaut, hatte sie den verstaubten Weihnachtsschirm in den kommenden Jahren dann jedes Mal heruntergeholt und, nicht ohne Ironie, herausgeputzt.

Aber Kinder, das hatte sie inzwischen begriffen, konnten mit Ironie nichts anfangen. Sie brauchten etwas, das echt war. Und dieses Echte, von Herzen Kommende, hatte Valerie immer tief vergraben mit sich herumgetragen. Weil sie keine Idee davon hatte, wie man dieses Innerste hervorholen und für jemand anderen sichtbar machen konnte.

Nachdem sie alle Zutaten zu einem Teig verknetet hatte, formte sie eine Kugel und wickelte diese in Plastikfolie, um sie, wie im Rezept verlangt, eine Stunde im Kühlschrank ruhen zu lassen.

In Krisensituationen hatte sie sich schon immer am liebsten von Keksen ernährt. Der Zucker und das knusprige Fett, das sich im Mund in wohlige Wärme verwandelte, fühlten sich nach zu Hause an.

Ironischerweise, fiel ihr jetzt ein, hatte sie sich von ihrem wirklichen Zuhause ab einem gewissen Alter immer weiter entfernt. Ihre Suche nach neuen Antworten, ihre Sehnsucht nach besseren Lösungen hatten ihre Eltern meist mit Angst und der Androhung von Konsequenzen quittiert.

Mehr Austausch darüber gab es nicht.

Später war es Bojan, der den Kontakt zu ihrer Familie unmöglich machte. Er mochte es nicht, wenn sie mit anderen Leuten zusammenkam. Hinter all ihren Verwandten und Bekannten witterte er Feinde, die ihn aufs Kreuz legen oder in Schwierigkeiten mit dem Gesetz bringen wollten. Wann immer sie sich damals mit ihrer Mutter oder ihrer Cousine getroffen hatte, gab es danach Streit. Sobald sie nach Hause kam, ignorierte er sie. Es genügten dann kleinste Ungenauigkeiten (zu dunkel geröstetes Brot oder die Wahl des falschen Bettbezuges), und er bekam einen Tobsuchtsanfall.

Er schrie, und sie schrie zurück. Oft genug wurde er dabei handgreiflich. Danach hatten sie Sex. Es ärgerte Valerie, dass sie seit seiner Facebook-Anfrage plötzlich wieder über all das nachdachte.

Während der Teig rastete, kümmerte sie sich um ihre Schmutzwäsche und warf die Waschmaschine im Badezimmer an.

Dann ging sie zurück in die Küche und suchte im Geschirrschrank ein paar Ausstechformen heraus. Sie entschied sich für große Halbmonde. So waren ihr die sandfarbenen Kekse schon immer am liebsten gewesen.

15

Morgens, wenn Vie aus dem Hochbett geklettert war, fand sie das Atelier am schönsten. Jetzt, Anfang Mai, leuchtete der Himmel immer öfter in klarem, majestätischem Blau; trotzdem trieben hier keine ungeduldigen Sonnenstrahlen Kochtöpfe und Bettdecken vor sich her; wirbelten den Staub auf, der sich unter den Flügelfenstern gesammelt hatte. Hell war es, ja; wegen all der hohen Glasscheiben, vierfach durch Holzsprossen durchtrennt. Aber das Licht fiel nordseitig herein, ruhig und besonnen; wie durch Schmetterlingsnetze gefiltert legte es sich über Paravents, indische Sitzpolster, Kerzenreste, Schals, Pullover und Zeichenblöcke; vertrieb die nächtliche Unruhe; drang jedoch nie weiter vor.

Der Tag mischte sich nicht ins Innerste der Dinge.

Sicher würde Bojan auch heute bis mittags schlafen. Das bedeutete: nur langsam und auf Zehenspitzen gehen; leise Tee machen, sich anziehen. Man musste sich unter allen Umständen ruhig verhalten.

Wenn der Oberste Rat gut gestimmt war und ihr keine Tasse aus der Hand rutschte, sich ihr kein Stuhlbein in den Weg stellte. Wenn der Oberste Rat es so gut mit ihr meinte, dann konnte sie sich ausdehnen, über den Parkettboden gleiten, in Gedanken bis zur Decke hinauffliegen; an einem der vielen Fenstersimse Halt machen und Zwiesprache halten mit den getrockneten Blättern, Steinen und Muscheln, die sie, nach und nach, zum Zeichen ihrer Anwesenheit, verstreut hatte.

Wie Mahnmale lagen die Muscheln auf dem Holz. Vie

hatte sie in Lissabon am Strand aufgelesen und in ihrem Rucksack mit nach Wien genommen. Kleine, gefächerte Halbmonde, elfenbeinfarben, rosa schimmernd.

Vorsichtig öffnete sie ein Fenster und ließ das durch Mauern und Hinterhöfe gedämpfte Brummen der Stadt herein. Der Kastanienbaum, der vom Garten bis zu ihrem Fenster hinaufragte, hatte zu blühen begonnen. Aus seiner Krone drängten hellrote Speerspitzen dem Licht entgegen.

Jetzt – noch viel vorsichtiger! – zurück in die Küche gehen, den Teekessel mit Wasser füllen und auf den Gasherd stellen; die Flamme anzünden und in die Kleider vom Vortag schlüpfen.

Sie wollte dieses Kind, unbedingt. Der oberste Rat hatte ihr seine Prophezeiung ja schon damals, zwischen den Kleiderständern auf dem Flohmarkt, verkündet.

Aber diesmal war sie es, die die Entscheidung getroffen hatte; gegen den Willen ihrer Eltern.

»Wenn du von diesem Mann ein Kind bekommst, wollen wir mit dir nichts mehr zu tun haben!«, schrie ihre Mutter. Und ihr Vater legte nach: »Erwarte dir nichts mehr von uns.«

Sie begrüßte dieses Wesen in ihrem Schoß wie ihre Waffe.

Bojan war blass geworden, als sie ihm die Neuigkeit mitgeteilt hatte. In der Früh war sie bei der Ärztin gewesen, und zu Mittag hatte sie es ihm erzählt; was den Vorteil hatte, dass er eben erst aufgestanden war; dass die Ader auf seiner Stirn noch unentschlossen war; um diese Zeit hatte sie noch nicht die Kraft anzuschwellen.

»Niemand kann von mir verlangen, dass ich innerhalb von so kurzer Zeit schon wieder abtreibe.«

Er schwieg. Dann rief er seine Mutter an und bat sie,

zu kommen. Wahrscheinlich hoffte er, sie würde es Vie ausreden.

Aber seine Mutter sagte:

»Eine Geburt ist etwas so Großes für eine Frau. Danach wird sie eine andere sein und da unten ganz rein. Und überhaupt, war sie nicht immer gut zu dir?«

Sie war jetzt auf ihrer Seite. Und je mehr sie sie in ihr Herz schloss, desto mehr stieg Vie, zumindest in diesen ersten Wochen, auch in der Gunst ihres Sohnes.

Er fuhr mit ihr in die Berge, hinauf in den Schnee. Sie nahmen sich ein Zimmer in einer Pension und machten lange Spaziergänge in der Sonne; beobachteten Füchse, die wie Gummibälle zwischen den weißen Hügeln auf und ab sprangen. An den steileren Hängen reichte er ihr die Hand, damit sie nicht stolperte.

»Du musst jetzt gut auf dich achtgeben«, hatte er zu ihr gesagt, und später, am Abend, fragte er die Vermieterin der Pension nach einer Wärmflasche und brachte sie ihr aufs Zimmer.

Tasche packen, Kessel vom Herd nehmen, Teebeutel in der Thermoskanne aufgießen. Am lautlosesten gelang ihr das alles, wenn sie währenddessen die Luft anhielt.

Tabacum (Tabakpflanze). Kreislaufschwäche, Übelkeit. Bewährt bei: Schwangerschaftserbrechen. Empfohlene Potenz: C30.

Als eine ihrer ersten Maßnahmen hatte sie sich in einer auf Homöopathie spezialisierten Apotheke mehrere Mittel in kleinen Fläschchen anfertigen lassen. Alles Weitere ließ sie auf sich zukommen. Irgendwann würde das Kind dann hier sein, zusammen mit ihr. Sie würde es auf ihren Armen in den Schlaf schaukeln, stellte sie sich vor; würde immer gut sein zu ihm; alles besser machen als ihre Eltern. Sie würde es lieben.

Jetzt hatte sie einen Plan.

Sie ging noch einmal auf Zehenspitzen in den großen Raum; strich mit den Fingern ihrer rechten Hand über die glatte Innenseite einer Muschel. Dann warf sie einen Blick auf ihr linkes Handgelenk; die Zeiger ihrer Armbanduhr standen auf halb zehn (Qualitätsware von Cartier; ein Geschenk ihrer Großmutter zu ihrem achtzehnten Geburtstag). Sie musste los. Leise drehte sie den Schlüssel im Schloss und machte die Tür von außen zu.

Die Luft roch nach Straßenverkehr und Badewetter – Handtücher auf der Wiese; mit Tiroler Nussöl eingeschmierte Schultern, Chlorwasser drauf; Papiertüte mit Pommes frites und Ketchup! Der Asphalt auf dem Gehsteig glitzerte unter der Sonne.

Jetzt schnell noch Proviant besorgen, dachte Vie, überquerte die Straße und ging zu Janele (Kaffeekonditorei seit 1951). Seit sie schwanger war, hatte sie ständig Hunger. Bojan und sie ernährten sich nur noch makrobiotisch; Buchweizen, rote Rüben, Sesamsalz, japanische Umeboshi-Pflaumen; sie mochte ihren süßsauren Geschmack. Auf dem Weg zur Arbeit allerdings, wenn sie unbeobachtet war, deckte sie sich jeden Morgen mit zwei Topfengolatschen und einem halben Liter Trinkkakao ein.

Da vorne, beim Würstelstand an der Ecke, hatte sie gestern Sigi stehen sehen. Sigi, der Maurer, Mitglied im Lichtclub, wie sie die *Vereinigung des Lichts* inzwischen heimlich nannte, so wie sie. Ohne sich zu erkennen zu geben, war sie an ihm vorbei Richtung U-Bahn gegangen, während er orangefarbene Wurststücke auf eine kleine Plastikgabel gespießt, in Senf getunkt und sich hastig in den Mund geschoben hatte. Ob er so etwas heimlich machte? Oder hatte er inzwischen aufgehört zu meditieren, so wie sie?

Sie hatte nie mit Bojan darüber gesprochen, aber es nach und nach bleiben lassen, sich im Schneidersitz, mit einer Decke über dem Kopf, hinzusetzen; sich jeden Gedanken zu verbieten und auf einen Lichtpunkt zwischen ihren Augenbrauen zu konzentrieren. Zuerst hatte sie eine Strafe erwartet. Ja, sie hatte sogar mit einer Krankheit wie Krebs oder Leukämie gerechnet. Aber dann war alles so geblieben wie zuvor.

»So ein schönes Wetter, nicht wahr, junge Dame?«, sagte die Verkäuferin bei Janele und reichte ihr das Wechselgeld über die Glasvitrine.

Danach ging Vie zur U-Bahn, fuhr zwei Stationen und ging den Rest zu Fuß.

Das Geschäft, in dem sie seit kurzem arbeitete, befand sich in einer Durchfahrtsstraße, über die man von der Innenstadt hinaus zu den Wiener Weinbergen gelangte. Die Fassaden der Gebäude waren schwarz von den Abgasen des Berufsverkehrs.

Ob sie stricken könne, hatte der Besitzer des Handarbeitsladens gefragt; ein großer, aufgedunsener Mann mit weißen Haaren; für einen Geschäftsmann überraschend ungepflegt, dachte Vie, beim Anblick seines fleckigen Trenchcoats; sie hatte auf sein Inserat geantwortet.

»Ja, natürlich«, sagte sie (und es war noch nicht einmal gelogen); dabei bemühte sie sich, mit möglichst klaren, freundlichen Augen in sein Gesicht zu sehen, das gelbgrau war und voller Falten.

Er zeigte ihr das kleine Hinterzimmer mit Warenlager

und Putzzeug; dann übergab er ihr eine Kassa mit Wechselgeld, einen Rechnungsblock und den Geschäftsschlüssel.

»Wenn irgendetwas ist, melden Sie sich«, sagte er, schwer atmend unter der Last seines eigenen Körpergewichtes, und packte ihre Bewerbungsunterlagen in eine abgewetzte Aktentasche; dann ließ er sie allein.

Ihre Schwangerschaft hatte sie ihm verheimlicht. Sie war ja erst am Anfang. Später, wenn sich der Bauch nicht mehr verstecken ließ, würde sie ohnehin kündigen. Sie brauchte sechs Monate in einem offiziellen Angestelltenverhältnis, danach hatte sie Anrecht auf Kinderbetreuungsgeld vom Staat.

Gut bezahlt war der Job nicht, sie bekam den Mindestlohn; trotzdem wunderte sie sich, mit wie wenig Aufwand man Arbeit spielen konnte, auch hier. Nur selten kam Kundschaft herein; die Leute strickten nicht oder zumindest nicht in dieser Gegend. Hauptsächlich, fand sie, ging es darum, die Wollknäuel zu bewachen und Zeit abzusitzen.

Sie sperrte die Eingangstür auf, legte die Post und ihre Sachen im Hinterzimmer ab und schaltete die Beleuchtung für die Regale und die Auslage ein. Dann setzte sie sich an den Verkaufstisch im vorderen Bereich des Lokals und begann gierig, ihre Jause hinunterzuschlingen. Dieser ständige Hunger, dachte sie, und hielt sich mit der Hand den noch kaum gewölbten Bauch. Sie trug ein Herrenhemd von Bojan, darunter ihre alten Jeans. Bis jetzt genügte es, dass sie den obersten Hosenknopf offen ließ. Später, dachte sie, würde man weitersehen.

Nach dem Essen widmete sie sich ihrer Lieblingsbeschäftigung: Aufmerksam betrachtete sie die Seitenwände mit den Regalen, die bis zur Decke hinaufreichten, und ließ die bunten Wollknäuel auf sich wirken.

Niemand würde sie dabei stören; um achtzehn Uhr musste sie das Geschäft wieder zusperren; aber bis dahin blieb ihr noch viel Zeit. Die Garne waren nach Farben eingeordnet, und innerhalb ihrer Farbgruppe nach Fadenstärke und Material – Cashmere und Alpaca oben, darunter Wolle, Wollmischungen, Baumwolle, und ganz unten die billigste Sorte, Polyester.

Sie versuchte, das System zu verstehen; gab den einzelnen Farben Namen; Namen, an die sie sich aus ihren Zeichenstunden in der Schule erinnerte; Namen, die sie für die weichen Gebirge aus Wolle selbst erfand. Währenddessen ließ sie ihre Gedanken treiben; entschied, in welchen Regalfächern sie heute die Begriffe, die in ihrem Kopf auftauchten, ablegen würde.

Alles, was mit Tschernobyl zu tun hatte, legte sie in den Eisenkorb, den sie bei gutem Wetter draußen neben dem Geschäftseingang aufzustellen hatte, zu den Polyester-Multipacks in grellem Zyanin und Zuckerwatteweiß; über die sich regelmäßig, durch die Abgase des Straßenverkehrs, ein Schleier aus Staub und Ruß legte. Nach drei, vier Tagen, wenn ihr Anblick abstoßend geworden war, wischte sie (brave Verkäuferin!) die Packungen mit einem feuchten Tuch ab.

Drinnen im Geschäft sah sie Bojan zwischen Rittersporn, Ultramarin und Saphirblau in den oberen Regalfächern hin und her schwirren. Ihr Vater thronte zwischen Mondstein, Pariserweiß und Schiefer. Gedanken an ihre Mutter und Großmutter wurden weiter unten von Zwiebelrot, Blutbuche und Persischviolett verschluckt.

Sie stand auf, ging zum Regal zu ihrer Linken und nahm sich Garne in Tintenblau, Enzian und einem silbrigen Gelb heraus.

Aus Langeweile hatte sie begonnen, während ihrer Arbeitszeit einen Pullover für Bojan zu stricken. Sie war überrascht, dass sie es noch konnte, in Handarbeiten war sie nie gut gewesen.

Die Wolle dafür nahm sie sich einfach, ohne die einzelnen Knäuel mit dem Besitzer zu verrechnen. Sollte er ihr doch draufkommen – dann könnte sie sich immer noch dumm stellen und behaupten, dass sie vergessen hatte, die Ware einzutragen.

Der Rückenteil war bereits fertig; die Vorderseite wollte sie der Länge nach in zwei verschiedenen Farben stricken; der Übergang zwischen beiden sollte das Profil eines Menschen darstellen; auf der dunkleren Seite würde, wenn ihr der Entwurf gelang, die Sichel des zunehmenden Mondes leuchten; vielleicht auch noch ein Stern.

Das rhythmische Klimpern der Stricknadeln war beruhigend; leicht und flockig schwebten ihre Gedanken durch den Raum, während sie sich auf ihr Maschensystem konzentrierte.

Ihr Vater fiel ihr wieder ein, der ebenfalls Thomas Bernhard las; *Holzfällen*, hatte er eines Abends gesagt, und dann hatte er den Titel noch einmal laut herausgeschrien, wie immer, wenn er zu viel getrunken hatte, »*Holzfällen* musst du lesen!« Sie fragte sich, wie das zusammenpasste, diese Bücher und die Tatsache, dass ihr Vater in diesem jungen Haider, dem neuen FPÖ-Chef, von dem jetzt viele sprachen, »den ersten ehrlichen Politiker« sah.

Die Wolle war dünn. Aber wenn sie sich beeilte und auch am Abend noch ein wenig weiterstrickte, dachte sie, könnte sie Bojan vielleicht schon Ende dieser Woche mit dem fertigen Pullover überraschen.

Am frühen Nachmittag sperrte sie das Lokal ab und kaufte sich im Supermarkt an der Ecke eine Käsesemmel und einen großen Becher Himbeerjoghurt. Rasch ging sie zurück ins Geschäft; der Besitzer kontrollierte manchmal per Telefon ihre Anwesenheit. Als sie fertig gegessen hatte, klingelte plötzlich das Glockenspiel über der Eingangstür.

Bojan kam herein.

Noch nie hatte er sie hier besucht. Überrascht stand sie auf, legte das Strickzeug auf dem Sessel ab und wollte auf ihn zugehen, ihn umarmen; doch dann sah sie seine Augen, die wie Silberpfeile unter der breiten Krempe seines dunklen Herrenhutes hervorblitzten, und ließ davon ab.

Bojan wippte auf den Absätzen seiner Stiefel auf und ab und musterte sie.

»Na, was machst du hier so, Madame?«

Dann begann er, das Lokal zu inspizieren, sah hinter den Verkaufstisch und in alle Ecken; zuletzt auch in das Hinterzimmer; schoss von dort wieder heraus und stellte sich vor ihr auf. Er legte seine rechte Hand an Wange und Kinn, in gespielter Denkerpose, und sah sie triumphierend an.

»Und wofür hast du die Schüssel mit dem Seifenwasser gebraucht, die da hinten auf dem Boden steht?«

Sie starrte auf seinen Goldring mit dem dicken Saphir am Mittelfinger.

»Wovon sprichst du eigentlich?«

»Du weißt genau, wovon ich spreche. Wenn du mich fragst, hast du dir damit gerade deine Muschi gewaschen, nachdem du hier mit irgendjemandem herumgevögelt hast.«

Etwas in ihrem Kopf drohte zu entgleisen; sie flehte den Obersten Rat an, dass er ihr jetzt auf keinen Fall auch noch Kundschaft ins Geschäft hereinschickte. Dann fasste sie sich wieder und sagte: »Bist du verrückt? Das ist das Wasser zum Putzen. Damit muss ich die Auslage und den Boden wischen.«

Bojan stand mit dem Rücken zur Eingangstür. Unterhalb ihrer Brust breitete sich ein nervöses Flimmern aus; möglicherweise, dachte sie, war sie mit ihrer Frage, ob er verrückt sei, zu weit gegangen; gleichzeitig fühlte sie sich auf eine komische Art unwirklich, wie in einem Film von Buñuel.

Sie wartete auf eine Reaktion. Und während sie wartete, sah sie an ihm vorbei durch die Auslage und beobachtete zwei Punks, die am Gehsteig vorbeigingen; sie trugen mit weißen Buchstaben bemalte Lederjacken; ihre Irokesen leuchteten im Licht der Sonne hellgrün und pink.

Er betrachtete sich im Spiegel, der über einem Drahtgestell mit der Aufschrift *Aktionsware* hing, und richtete seinen Hut.

»Ja natürlich, nur zum Putzen … die heilige Valerie!«, schimpfte er.

Dann öffnete er die Glastür, und während er hinaus ins Freie ging, drehte er sich noch einmal um und zischte: »Was erzählst du mir denn für Lügen?«

Einen Augenblick lang konnte sie noch seinen Hut auf der Straße vorbeifliegen sehen, dann war er weg. Als die Tür wieder ins Schloss fiel, klingelte das Glockenspiel; und diesmal waren seine Töne lauter und schriller als sonst.

Vie setzte sich zurück an den Verkaufstisch. Ein betäubendes Gas hatte sich in ihrem Kopf ausgebreitet; sie konnte keinen klaren Gedanken mehr fassen; und dieses Nichtdenken hatte eine beruhigende Wirkung auf sie. Es machte das Ziehen in ihrer Bauchgegend leichter. Mechanisch griff sie mit den Händen nach ihrem Strickzeug und machte weiter; zählte Maschen ab; nahm Fäden auf und legte sie wieder beiseite; so lange, bis es sechs Uhr war und sie die Beleuchtung abdrehen, das Geschäft zusperren und gehen konnte.

Draußen war es noch immer unwirklich warm. Über die ganze Stadt hatte sich mildes, orangefarbenes Licht gegossen. Auf dem Weg zur U-Bahn-Station lief sie zu Fuß durch den Votivpark, vorbei an einer Gruppe von jungen Leuten, die auf der Wiese saßen; sie trugen zerrissene Jeans oder Pluderhosen; eines der Mädchen spielte Gitarre. *Das Betreten der Grünanlagen ist verboten* stand auf einem Metallschild am Rand des asphaltierten Weges, der durch den Park führte; aber die Hippies, wie ihre Mutter diese Sorte von Menschen abschätzig nannte, kümmerten sich nicht darum.

Vie hätte jetzt auch gerne irgendwo im Freien gesessen; unter normalen Umständen; und später hätte sie vielleicht, zusammen mit ihrer Cousine, auf einem Open-Air-Konzert gestanden, mit einer Flasche Bier in der Hand – so wie vor einem Jahr, Falco am Rathausplatz. Bei *Auf der Flucht* hatte die ganze Ringstraße zwischen Naturhistorischem Museum und Börse gebebt, erinnerte sie sich; sie hatte mit Günter mitten in der Menschenmenge gestanden und hatte getanzt; nein, eigentlich war sie über den ganzen Platz geflogen, so wie der Sound aus den Boxen links und rechts von der Bühne.

Hansi Lang hatte ihr trotzdem besser gefallen. *Ich spiele Leben* und *Zucker* gingen einfach mehr unter die Haut; vielleicht, weil der Hansi so traurige Augen hatte.

Aber ihre eigenen Umstände waren nicht mehr normal, dachte sie, während sie die Rolltreppe zur U-Bahn hinunterfuhr; sie hatte ihre brüchige Welt verlassen, damals, vor einem Jahr, und war auf einen fahrenden Zug aufgesprungen; und jetzt würde sie die Fahrt zu Ende bringen.

Sie stieg in den Waggon und hielt sich an der Eisenstange fest. Später, dachte sie wenn ihr Bauch größer geworden war, würde man ihr vielleicht einen Sitzplatz anbieten; jetzt noch nicht.

Bojan war gerade im Gehen, als sie die Wohnung betrat. Wortlos stand er im Vorraum und zog seine beste Hose und ein frisches Hemd an.

Er beachtete sie nicht. Wie schön er mit seinen schulterlangen Locken war, dachte sie und legte ihre Tasche und ihre Schlüssel auf die Sitzbank; wie ein Prinz aus einem fremden Märchen.

Über der Sitzbank hing das Bild einer Landschaft. Bojan hatte es nach seiner Rückkehr mit Ölfarben gemalt. In der Mitte, zwischen den Wolken, flog ein Mann durch die Luft; er trug einen Hut, den er mit dem linken Arm festhielt. An den unteren Rand des Bildes hatte er mit spitzen schwarzen Buchstaben geschrieben:

Folge dem Licht.

Ständig schrieb er irgendwelche Sätze des Gurus auf.

Sie war sich keiner Schuld bewusst. »Dieses Mal bin ich im Recht«, sagte sie sich und dem Obersten Rat, sie sagte es immer wieder, lautlos, in sich hinein.

Gerade als sie beschlossen hatte, dass sie sich von seinen Anschuldigungen nicht in die Knie zwingen lassen, dass sie seine Launen aushalten würde, gerade in diesem Moment nahm Bojan ihre beiden Schlüssel – die mit einem Spagat zusammengeknüpft waren und die sie, seit sie hier wohnte, verwendete –; er nahm sie von der Bank und band sie mit seinem eigenen Schlüsselbund zusammen.

Vogelgezwitscher drang von einem der offenen Fenster

herein. Sobald er weg war, dachte sie, würde sie sich ans Fenster setzen und weiterstricken; vielleicht würde sie sogar noch für eine Stunde hinunter in den Garten gehen.

Aber Bojan nahm das Telefon mit der langen Schnur; mit der anderen Hand öffnete er eine der vier tiefen Schreibtischschubladen und stellte den Apparat hinein. Dann schob er die Lade wieder zu, was ihn einige Mühe kostete, weil sie zuerst, wegen des heraushängenden Kabels, nicht mehr ganz zuging.

Und erst jetzt, als Bojan die Lade mit einem Schlüssel absperrte, begriff Vie, was er damit bezweckte. So konnte sie in seiner Abwesenheit nicht mehr telefonieren. Und während sie noch verblüfft über seinen neuesten Schachzug nachdachte, verließ er die Wohnung und sperrte die Eingangstür von außen zu.

Sie war schwanger, kam es ihr in den Sinn. Im Notfall würde sie niemanden anrufen können; und sie konnte die Wohnung nicht mehr verlassen.

Bojan hatte sie eingesperrt.

So viel Aufwand, dachte sie, während sie ihr Strickzeug aus dem Stoffbeutel herausholte, blaue und gelbe Wollfäden aufnehmend, gegeneinander kreuzend, ihre Hände still, aber unermüdlich in einem übergeordneten Takt bewegend. So viel Aufwand, dachte sie, während sich draußen, über die Kastanienbäume, Abendluft legte, und das alles nur meinetwegen.

Und dann, ein neuer Morgen, das Sonnenlicht flirrte ihr vor den Augen, als sie aus dem Badezimmer kam; höchste Zeit, sich auf den Weg zur Arbeit zu machen, höchste Zeit! – aber Bojan saß auf der Bank im Vorzimmer und sagte: »Komm, setz dich zu mir.«

Mit seiner warmen Hand streichelte er ihr über den

Kopf; ihre Haare, die noch offen waren, die noch nicht mit Bürste und Zopfgummi gebändigt waren. Die Innenflächen seiner Hände waren immer trocken; ganz anders als ihre (immer feucht); was ihr peinlich war; was sie dazu brachte, ihre Hände abwechselnd in heißes und kaltes Wasser zu tauchen.

»Das drängt den Schweiß zurück. Du wirst sehen«, hatte ihre Großmutter gesagt.

Aber bis jetzt hatten die Wechselbäder nichts gebracht. Eine, die Nägel kaute und feuchte Hände hatte: Sie war so eine; und außerdem nicht mager genug für Bojans Geschmack –

»Du mit deinem dicken Vollkorn-Popsch«, hatte er ihr einmal quer durchs ganze Atelier nachgerufen – nur jetzt, in der Schwangerschaft, wurde sie immer schmaler; was vielleicht von der makrobiotischen Ernährung kam; oder von den Hormonen.

Das alles würde sich, dachte sie, hoffentlich bald von selbst regeln.

Irgendwie.

Bojan streichelte weiter über ihren Kopf und knöpfte dabei seine Hose auf.

»Du kannst ihn wie ein großes Eis in den Mund nehmen.«

War es das?, dachte Vie und beugte sich hinunter; in seine Saiten greifend; Grenzen auslöschend; Muster in seine Haut webend.

Die Schlüssel hatte er ihr wieder bereitgelegt; sie sah sie vor sich auf der Bank liegen, als sie ihre Augen öffnete; Bojan stöhnte mit einem Laut auf.

Sie kam viel zu spät ins Geschäft. Aber es kamen keine Anrufe, und es sah so aus, als hätte es niemand bemerkt.

Heute wollte sie das Vorderteil des Pullovers mit dem Gesicht fertig machen. Dazwischen, in einer Stunde vielleicht, würde sie sich schnell etwas zu essen kaufen.

Gegen ein Uhr kettete sie die Maschen ab und machte den Bund am Halsausschnitt fertig. Sie legte das fertige Teil zusammen und nahm sich zwanzig Schilling aus der Kassa.

Es war nicht das erste Mal, dass sie den Besitzer um einen Teil seiner Tageseinnahmen brachte. Bis jetzt war es ihm noch nie aufgefallen. Es schien auch niemand einen Überblick über die Warenbestände zu haben, weshalb sie manchen Kunden der Einfachheit halber erst gar keine Rechnung ausstellte. Ihr Gehalt überließ sie meistens zur Gänze Bojan, damit er die Miete des Ateliers und ausständige Gas- und Stromrechnungen zahlen konnte.

Zuerst hatte sie vorgehabt, das Geld wieder zurückzuzahlen, aber mit der Zeit wurde sie immer mutiger. Um ihren Hunger zu stillen, bediente sie sich inzwischen täglich aus der Handkassa.

Was passieren würde, wenn man sie doch noch beim Stehlen erwischte, wusste sie nicht. Sie schob den Gedanken daran weit von sich weg.

Noch war so vieles möglich! Sie war erst im vierten Monat. Vor kurzem hatte Bojan beschlossen, endlich den Führerschein zu machen. Sie wollte es auch und meldete sich zusammen mit ihm in der Fahrschule an.

Nebeneinander saßen sie in der ersten Theoriestunde. Der Lehrer war nett und der Stoff leicht; doch als sie nach dem Unterricht das Gebäude verließen, sagte Bojan:

»Ich will nicht, dass du den Führerschein machst. Ich wollte es nie. Bleib bitte in Zukunft daheim.«

Es hatte ihr nichts ausgemacht; im Grunde war sie mehr aus Geselligkeit mitgegangen. Ihre Cousine, die sich an der Uni viel mit Emanzipation beschäftigte, hätte aufgeschrien, dachte Vie; aber ihr selbst war dieser blöde Führerschein nicht so wichtig; sie hatte ja nicht einmal ein Auto, und Bojan würde sie mit seinem Sportwagen ohnehin nie fahren lassen.

Je öfter man nachgab, desto seltener würden die schwarzen Wolken aufsteigen. Wenn sie das Spiel nur richtig spielte, glaubte sie, dann würde sie seinen absurden Ideen den Boden entziehen. Der Oberste Rat würde ihr helfen. Denn schließlich, war sie nicht im Recht?

Am Nachmittag läutete das Telefon. Ihr Chef erkundigte sich, ob alles in Ordnung sei.

»Ja natürlich, alles ist bestens.«

Gleich darauf läutete es wieder. Ihre Cousine war dran. Offensichtlich hatte es sich innerhalb ihrer Familie herumgesprochen, dass sie hier am besten zu erreichen war.

»Ich ruf dich aus der Telefonzelle vor der Uni an und könnt einen Sprung bei dir vorbeikommen.«

»Gut, ich bin noch bis sechs da.«

Sie brachte ihre Manner-Schnitten mit und ein selbst aufgenommenes Tape.

»Talking Heads, live. Die mochtest du doch auch immer so gern.«

Wo sie die Musik wohl würde hören können? Bojan hatte sich vor kurzem seinen ersten Anrufbeantworter angeschafft. Seitdem experimentierte er täglich damit herum. Nahm Telefongespräche auf, mit Geschäftspartnern, potenziellen Käufern und mit der Hausverwaltung. Mehrmals hörte sie ihn triumphierend in den Telefonhörer hineinrufen: »Seien Sie vorsichtig, was Sie da sagen, ich habe alles auf Band!«

Sie selbst hingegen, sie besaß schon lange keine eigenen Geräte mehr. Genau genommen gehörte ihr, seit sie bei Bojan wohnte, außer ihren Kleidern und drei Büchern nichts. Weil ihr Einzug nicht die Folge einer großzügig ausgesprochenen Einladung war. Deshalb, hatte sie damals gedacht, bringe ich lieber nicht zu viel mit, und hatte die meisten Sachen in der Wohnung ihrer alten Vermieterin zurückgelassen.

Ihre Cousine wollte jetzt ihren Babybauch sehen. Vie stand mitten im Geschäft und hob ihr Hemd; draußen war es schon richtig heiß; es war also kaum anzunehmen, dass ausgerechnet jetzt Kundschaft zur Tür hereinkam.

»Der Wahnsinn, echt«, sagte ihre Cousine. »Übrigens, ich hätte für übermorgen zwei Konzertkarten im Musikverein. Möchtest du mitkommen?«

Vernünftiger wäre es jetzt, sich zurückzuhalten, dachte Vie, aber dann gab sie, ihrem ersten Impuls folgend, einfach nach:

»Ja klar, warum nicht.«

Nachdem ihre Cousine gegangen war, kam eine Mutter mit ihrer kleinen Tochter herein und fragte nach einer Strickliesl.

»Sie wissen schon, dieses Holzding, mit dem die Kinder Strickschnüre anfertigen können.«

Sie ging nach hinten und suchte in einem alten Karton voll mit Zubehör.

Sie musste das Problem lösen, dachte sie; musste Bojan irgendwie besänftigen.

Wenn sie es richtig anging, würde er sich nicht darüber aufregen, dass sie einmal abends ohne ihn fortging. Dabei hatte sie es früher so oft getan!

Sie fand keine Strickliesl und sagte der Frau, sie solle es besser in einem Spielzeuggeschäft versuchen.

Kurz nach sechs packte sie ihre Sachen zusammen und fuhr auf dem schnellsten Weg nach Hause. Jetzt alles richtig machen, sagte sie sich.

Als sie das Atelier betrat, sah sie, dass die Tür zum großen Saal geschlossen war. Vor der Sitzbank standen schmale rote Samtschuhe, solche, wie sie kleine Mädchen an Festtagen tragen. Er hatte also wieder Besuch. Der Holzboden knarrte unter ihren Füßen. Er musste es gehört haben, denn jetzt ging die Tür einen Spaltbreit auf, und Bojan steckte, mit roten Wangen, seinen wackelnden Kopf heraus.

»Ich möchte in den nächsten zwei Stunden nicht gestört werden.«

Dann war die Tür wieder zu.

Vie ging in die Küche und machte sich eine Kanne Tee.

In ihrem Bauch spannte und klopfte es. Zum ersten Mal hatte sie das Gefühl, dass sich darin etwas bewegte. Sie setzte sich auf einen Sessel neben dem Herd und legte ihre Hand auf die Stelle unter ihrem Hemd.

An diesem Abend strickte sie den zweiten Ärmel zu Ende und nähte mit einem blauen Wollfaden alle Teile zusammen. Als sie fertig war, faltete sie den Pullover so, dass man das Yin- und Yang-Gesicht vorne gut sehen konnte, und legte ihn auf die Bank im Vorzimmer. Auf diese Weise würde Bojan sein Geschenk gleich beim Hinauskommen sehen. Und wenn sie Glück hatte, würde er sich dabei auch ein bisschen schlecht fühlen.

Im Musikverein standen Dvořák, Prokofjew und Brahms auf dem Programm. Sie fühlte sich fehl am Platz, in ihrem grauen Herrensakko und dem weiten Hemd über den Jeans; unter der Eleganz von Säulen und Bögen, dem strahlenden Deckengemälde, das Apollo und die neun Musen zeigte. Andererseits: Sie war jung! Noch nie erschien ihr das so viel wert zu sein wie hier, unter den vielen alten Leuten, die ihre Knochen an Sessellehnen anpassten und ihre tränenden Augen mit Taschentüchern abtupften.

Das Orchester begann zu spielen. Man musste sich ja nicht, dachte sie, von den klapprigen Besuchern und dem schweren Gold an den Wänden erschlagen lassen. Wenn man die Tatsache ignorierte, dass man nicht dazugehörte; es hinnahm, dass man nicht von Kontoständen und Orden träumte, sondern von dunkelblauen Nächten. Denn die Konzentration war wunderbar; die Stille zwischen den Takten. Man musste das alles nutzen, dachte sie, um zur Ruhe zu kommen.

Das Baby in ihrem Bauch würde von der Musik sicher auch positiv beeinflusst werden. Sie hatte begonnen, mit dem Kind eine Verbindung aufzubauen; sah es jetzt nicht mehr als eine Wucherung ihrer selbst, sondern als eigenständiges Wesen, das sie austrug und das später einmal ein Mensch sein würde.

Die Streicher jagten dem Klavier hinterher. Sie blinzelte zu ihrer Cousine hinüber, die aufrecht in einem schwarzen Kleid neben ihr saß. Dann ließ sie sich von Prokofjew forttragen; sah russische Kornfelder vor sich; gleich hinter der Wolga, nichts als wogende Ähren im Wind.

In der Pause, auf den Weg zum Buffet, mussten sie sich an Männern und Frauen mit fauligem Atem vorbeizwängen. Die Organe fingen, so kam es ihr vor, ab einer gewissen Jahresanzahl an, von innen zu verwesen.

Sie bestellten sich zwei kleine Flaschen Apfelsaft. Die Brötchen mit Ei und Lachs ließ Vie lieber bleiben. Wer weiß, wie frisch sie sind, dachte sie. Jetzt als Schwangere waren sie ihr das Risiko nicht wert.

Als sie einen Blick in das Programmheft ihrer Cousine warf, stellte sie fest, dass das Orchester vor der Pause Brahms gespielt hatte. Prokofjew war erst im zweiten Teil dran. Sie hatte sich die russischen Landschaften zu früh vorgestellt.

Warme Luft empfing sie, als sie aus dem Konzerthaus herauskamen. Inzwischen war es dunkel geworden. Die Stadt schien voll von fröhlichen Menschen zu sein; bereit für einen endlosen Sommer.

Sie setzte sich mit ihrer Cousine auf eine Terrasse und löffelte mit ihr einen Eiskaffee. Dazu tranken sie *Himbeer-Kracherl* mit so viel Kohlensäure, dass es bei jedem Schluck eine Sekunde lang wehtat; darüber mussten sie beide lachen. Für einen Moment schien alles ganz leicht; so wie früher, als sie sich nachts heimlich unter der Bettdecke Räubergeschichten vorlasen.

Als Vie nach Hause kam, war niemand da, zumindest sah es auf den ersten Blick so aus. Umständlich band sie sich die Schnürsenkel ihrer Schuhe auf; das Bücken fiel ihr inzwischen schwer. Weiter hinten knarrte jetzt der Holzboden, lauter als gewöhnlich; das Geräusch kam aus der Küche; sie sah einen Schatten durch die offene Tür, sah, dass es Bojan war, der sich hinter dem Schrank versteckt hatte.

Barfuß kam er ins Vorzimmer. Und diesmal fand sie es wirklich ärgerlich, dass ihr Puls schneller ging; dass ihr Herz pochte; dass sie sich so fühlte, als hätte er sie bei etwas ertappt.

Bojan musterte sie von oben bis unten.

»So geht Madame also in ein Konzert.«

Es war ein schöner Abend gewesen, das hatte sie vorhin auf der Straße beschlossen. Es war ein schöner Abend gewesen, wiederholte sie jetzt für sich. Sie war sich keiner Schuld bewusst. Oder warf er ihr etwa vor, dass sie sich seine Jacke ausgeborgt hatte? Aber nein, nicht wegen so einer Kleinigkeit. Sie würde den Unterton in seinen Worten einfach ignorieren.

Ihr Blick fiel auf seine Füße; sie waren vollkommen, dachte sie, wie die einer Statue.

Sie zog das Herrensakko aus und ging an ihm vorbei, um es mit einem Kleiderhaken an einer der Sprossen zum Hochbett aufzuhängen.

So viel Ärger, nur wegen ihr.

Aber sie sah ihn nicht kommen; diesen Ast, der plötzlich von hinten auf sie herabfiel; ihren Rücken spaltete; ihr Arme und Beine wegriss.

Überrascht drehte sie sich um und begriff, dass Bojan die Schreibtischlampe in beide Hände genommen hatte. Als er von neuem ausholte, glitt sie ihm aus den Händen und traf auf dem Boden auf, vor seinen Füßen.

Etwas brachte ihre Knie zum Einsinken; ließ ihren Kopf auf die Tischkante fallen. Zu ihrer eigenen Überraschung spürte sie nichts, hörte nur das fremde Wimmern, das sie anscheinend selbst produzierte. Sie versuchte, wieder aufzustehen; hörte jemanden rufen; hielt einen Arm schützend vor ihren Bauch.

»Weißt du eigentlich, was für eine nichtsnutzige, bürgerliche Göre du bist?«

Sie schwebte, während Teile von ihr wieder auf dem Fußboden auftrafen. Sie sah sein Gesicht über sich. Jemand zog sie an den Haaren; zog sie in ihrem Hemd über das Parkett.

»Na los, sag schon! Weißt du das?«

Aber das Holz auf dem Boden brachte Erleichterung. Etwas in ihr versuchte, sich unter den verschiedenen Geschwindigkeiten zu drehen, weiterzufließen.

Sie schloss die Augen; und als sie sie das nächste Mal öffnete, fiel ihr Blick auf Girlanden aus roten Rosen. Sie freute sich, weil sie so schön waren – was für ein Glück! –, dann bettete sie ihren Kopf auf das Holz, wollte aus ihrem eigenen Kopf trinken, bis sie begriff, dass die Rosen auf einem roten See leuchteten, der sich unter ihrem Kopf gebildet hatte.

Als sie wieder zu sich kam, drückte Bojan ein Handtuch auf ihre Platzwunde und schrie:

»Und wenn du jetzt ins Frauenhaus gehst und mich anzeigst, dann brauchst du dich hier nie wieder sehen zu lassen!«

Auch das war eine Möglichkeit, stellte Vie überrascht fest; von selbst war sie noch gar nicht darauf gekommen.

Dann rief er die Rettung.

16

Einen Tag vor Silvester fuhr Valerie mit dem Lift in den Keller und nahm sich zwei Flaschen Wein und eine Dose Hühnerleberpastete aus dem Vorratsregal. Oben in der Wohnung stellte sie die Weinflaschen auf der Arbeitsplatte ab. Dann machte sie die Dose auf und strich die Hälfte der Pastete auf ein Stück Silberpapier. Ganz hinten im Badezimmerschrank fand sie eine angebrochene Packung Zolpidem, nahm drei Tabletten des Schlafmittels heraus und ging damit zurück in die Küche. Dort zerbröselte sie die Tabletten mit einer Kuchengabel und vermischte sie mit der Hühnerleberpastete. Sie faltete die Folie mit dem Gemisch zu einem Paket, gab das Ganze in einen Gefrierbeutel und steckte es in die Seitentasche ihres Anoraks. Morgen würde sie wieder zu Bojans Wohnung fahren. Und dann hätte sie auch etwas für die Katze dabei.

Sie hatte beschlossen, dass heute der ideale Zeitpunkt wäre, um sich in Ruhe die Immobilienbewertungen durchzulesen. Auf Wunsch von René Welsch, ihrem Vorgesetzten, hatte sie vor kurzem zwei verschiedene Sachverständige beauftragt, Gutachten für ein denkmalgeschütztes Objekt in der Innenstadt anzufertigen. Sie hatte die Unterlagen an ihrem letzten Arbeitstag vom Büro mit nach Hause genommen.

Nach dem Frühstück setzte sie sich damit auf die Couch im Wohnzimmer.

Danach wollte sie am Computer die letzten Änderungswünsche des Vorstandes in die Budgetierung des neuen Geschäftsjahres einarbeiten. Außerdem musste sie noch eine sogenannte Schattenbuchhaltung erstellen – inklusive einiger Schummelposten, damit auch Unvorhergesehenes, wie etwa die aufwändige Renovierung einer Babybekleidungs-Boutique, das neueste Hobby der gelangweilten Ehefrau ihres Chefs, untergebracht werden konnte.

Ihre letzte Aufstellung hatte ihr Welsch mit der Bemerkung zurückgeschmissen, sie solle einfach ein bisschen kreativer sein.

Sie mochte ihren Job. Aber er schaffte es immer wieder, jede Leidenschaft dafür zu vertreiben.

Wie vom Wetterbericht vorhergesagt, hatte es in der Nacht geschneit. Durch das Fenster hinter dem Esstisch konnte sie auf eine dünne Kristalldecke hinuntersehen, die sich über die Dächer der abgestellten Fahrzeuge gelegt hatte. Auf der Straße war das strahlende Weiß inzwischen wieder zu graubraunem Matsch geschmolzen. Untertags war es für die Jahreszeit wohl immer noch ein paar Grad zu warm.

Während sie die Bewertungen überflog, gab es draußen zweimal hintereinander einen lauten Knall. Es hörte sich so an, als wäre der Lärm von unten auf der Straße gekommen. Bestimmt war es nicht das letzte Mal. Üblicherweise explodierten am letzten Tag des Jahres in ihrem Bezirk ab dem späteren Vormittag, bis weit nach Mitternacht, ständig irgendwelche Feuerwerkskörper. Sie nahm sich vor, heute Abend eine Schlaftablette zu nehmen.

Sie setzte sich an den Esstisch und klappte das Laptop auf, um sich die Budgetplanung anzusehen. Aus Erfahrung wusste sie, dass ihrem Chef im Urlaub schnell langweilig wurde und dass er nach den Feiertagen immer der Erste war, der auf dem Firmenparkplatz vorfuhr. Um zu verhindern, dass er sie am vierten Jänner, ihrem ersten Arbeitstag, im Fünfminutentakt anrufen und unangemeldet in ihrem Büro erscheinen würde, war es ratsam, bis dahin alles fertig zu haben.

Ihrer Meinung nach litt Welsch unter einer schweren Aufmerksamkeitsstörung. Er war unfähig, sich länger als fünf Sekunden zu konzentrieren. Deshalb begann sie jetzt, alle Punkte in leicht verdaulichen Häppchen zusammenzuschreiben. Das würde ihre Kommunikation um einiges erleichtern.

Wie viele geschäftstüchtige Inhaber eines Familienunternehmens war er zwar schlau, in Wirklichkeit aber erschreckend ungebildet. Sie solle mal anfragen, hatte er ihr vor einem Jahr gesagt, ob dieser Harnoncourt oder ein ähnliches Kaliber auch auf einem Kundenevent Klavier spiele.

Das mit Abstand Schlimmste jedoch, was sie bisher mit ihm erlebt hatte, war ihre gemeinsame Dienstreise nach Frankreich gewesen. Im vergangenen Mai wollte Welsch mehrere Immobilien besichtigen, die an der Côte d'Azur zum Verkauf standen.

Ob sie Französisch könne, hatte er sie am Telefon gefragt. Nur Schulfranzösisch, hatte sie geantwortet, mehr nicht. Aber er, der sich mit seinen internationalen Kunden kaum auf Englisch unterhalten konnte, hatte gemeint, das würde reichen.

Am Flughafen von Nizza mietete er einen Wagen, mit dem sie, unter strahlendem Himmel, die Küstenstraße entlangfuhren.

An der ersten Kreuzung in der Stadt war es dann losgegangen: Ein grüner Jaguar hatte ihm den Weg abgeschnitten und ihn zu einer abrupten Bremsung genötigt.

»Hast du den Trottel gesehen?!«

Welsch schnappte nach Luft, öffnete die Wagentür, drehte sich dabei zu ihr und schrie:

»Los, sag mir sofort, was Trottel auf Französisch heißt!«

Er war einfach nicht gemacht für den französischen Straßenverkehr, genauso wenig wie für französische Kellner und Hotelangestellte.

»Was heißt Arschloch?! Du sagst ihm jetzt sofort, dass er ein Arschloch ist und dass er jemand anderen verarschen kann!«

Zum Schluss hatte der Manager im Hotel Martinez auf seine Anschuldigungen in perfektem Deutsch geantwortet: »Gutes Benehmen erwarten wir nicht nur von unseren Angestellten, Monsieur. Wir erwarten es auch von unseren Gästen.«

Draußen auf der Straße war jetzt ein weiterer Knall zu hören.

Wenn sie es sich recht überlegte, hatte sie schon seit geraumer Zeit keine Lust mehr, für einen Choleriker wie Welsch zu arbeiten. Ihr Pflichtgefühl hatte sie bisher immer davon abgehalten zu kündigen. Seit sie zusätzlich zu ihren organisatorischen Aufgaben auch noch die Marketingabteilung des Hauses übernommen hatte, verdiente sie außerdem ziemlich gut.

Andererseits – in drei Monaten würde ihr fünfzigster Geburtstag sein – war sie dann nicht immer noch viel zu jung, um bis zu ihrer Pension in einem uninteressanten Job auszuharren?

Als es draußen dämmerte, schloss Valerie die Excel-Datei. Die fehlenden Zahlen konnte sie auch morgen oder übermorgen hineintippen.

Bevor sie das Laptop zuklappte, warf sie einen Blick in ihren Mail-Ordner: Bea hatte ihr nicht geschrieben. Außer ein paar Werbenachrichten hatte sie nur eine Mail mit ihrer Visaabrechnung bekommen.

17

»Wir nähen zuerst die Platzwunde an Ihrem Kopf. Danach machen wir ein Schädelröntgen«, hatte der Arzt im Spital gesagt.

Dass man ihr dafür einen Teil ihrer Haare abrasieren musste, war ihr egal. Vie spürte die Stiche nicht.

Erst später, auf der Toilette, hatte sie die Schmierblutung in ihrer Unterhose entdeckt und zu beten begonnen. Lass mir das Kind, flehte sie den Obersten Rat an, es darf jetzt nicht weiterbluten. Bitte, lass mir nur das Kind.

Man nahm sie stationär auf. Aber es war nichts. Zwei Tage und etliche Untersuchungen später gaben die Ärzte Entwarnung.

Eine Psychologin kam vorbei.

»Sind Sie sicher, dass Sie nur die Treppe heruntergefallen sind? Brauchen Sie Hilfe?«

Vie war jetzt wieder ganz klar und beharrte auf ihrer Version: »Sind Sie schon einmal von der obersten Sprosse einer raumhohen Leiter abgerutscht? Das ist leider ziemlich hoch.«

Bojan holte sie ab; er fuhr noch immer den gelben Porsche. Der Auspuff hing mittlerweile herunter und knatterte über jede Straßenerhöhung.

»Ich gehe für uns einkaufen. Wünschst du dir irgendetwas?«, fragte er, als sie zu Hause waren, und dabei fiel ihr auf, dass sein rechtes Auge zuckte.

»Nein. Aber wenn du zurück bist, dann schneid mir bitte die Haare.«

Sie hatte keine Lust, mit dieser asymmetrischen Frisur herumzulaufen.

Er brachte Obst und frisch gekochte Speisen vom Markt.

Nach dem Essen kürzte er ihre Haare auf die Länge einer Kleiderbürste – vorsichtig, rund um das Pflaster mit den Nähten – er bekam es ganz gut hin. Als er fertig war, küsste er zärtlich ihren Nacken und sagte:

»Jetzt siehst du aus wie die Jungfrau von Orléans.«

Aber es kam ihr vor, als wäre mit den Ereignissen nach dem Konzert eine Tiefseekrake aufgescheucht worden. Jemand hatte eine Lampe auf den schwarzen Grund gerichtet; jetzt schlug sie mit ihren Fangarmen um sich.

Seine Mutter kam und brachte selbst gemachte *Sarma* mit. Ihre öligen Krautwickel waren das einzige Gericht mit Fleisch, das Bojan mochte. Sie nahm sie aus der Plastikschüssel und wärmte sie auf. Vie hatte keine Lust darauf.

»Es war schon immer schwierig mit ihm«, flüsterte sie, sobald er (mit dem Telefonapparat in der Hand) den Saal verlassen hatte, um wieder in Ruhe seinen Geschäften nachzugehen. Dann sagte sie: »Du weißt, dass er seine erste Freundin so fest geschlagen hat, dass sie eine Woche im Krankenhaus bleiben musste? Ein wunderschönes Mädchen … lange blonde Haare, und ganz rein. Er durfte sie danach nie wiedersehen. Ihre Eltern besitzen ein nobles Antiquitätengeschäft in der Habsburgergasse. Ich glaube, sie arbeitet jetzt dort.«

Auch Vie ging wieder arbeiten. Kurz nachdem sie das Geschäft aufgesperrt hatte, kam ihr Chef und brachte zwei Kartons mit neuer Ware vorbei. Mit einem Stanley-Messer öffnete er die Schachteln und kontrollierte die Lieferscheine; plötzlich fiel sein Blick auf ihren Bauch.

»Sind Sie etwa schwanger? Ein Wahnsinn ist das, mit euch jungem Gesindel!«

Er schmiss das Stanley-Messer auf den Tisch, rannte hinaus zum Wagen, den er in zweiter Spur geparkt hatte, und kam mit seiner Aktentasche zurück. Er nahm einen Block mit weißem Papier heraus und begann zu schreiben. Als er fertig war, hielt er ihr das Papier hin und schrie: »Na los, unterschreiben Sie das!«

Vie war verwirrt; der alte Mann war so groß; er machte ihr Angst; sie schaffte es nicht, die Sätze, die darauf standen, zu entziffern.

Sobald sie unterschrieben hatte, riss er ihr den Block aus der Hand, packte ihn in die Tasche und sagte: »Und jetzt geben Sie mir die Schlüssel zurück. Sie sind hiermit fristlos entlassen.«

Für einen Anspruch auf Mutterschutzgeld fehlten ihr noch zwei Monate.

Die Krake wühlte mit ihren Armen den Sand auf.

Zu Hause kniete Bojan über der Toilettenschüssel und musste sich mehrmals übergeben. Als er aufstand, war sein Gesicht fast grün.

»Meine Mutter ist eine *vještica*, eine Hexe!«, stöhnte er. »Das kommt alles nur von ihren *Sarma*.«

Er legte sich auf das Sofa, hinten im Saal. Seine Haare klebten ihm an der Stirn. Jetzt, wo sie so feucht waren, fiel ihr zum ersten Mal auf, dass sich zwischen den Strähnen kahle Stellen gebildet hatten, an denen die Kopfhaut durchschimmerte.

Sie stellte ihm einen Krug Wasser hin und ging schlafen.

Es dauerte eine Woche, bis er sich wieder erholt hatte; danach begann er mit einer Entgiftungskur. In einem seiner

Gesundheitsratgeber, die er überall im Atelier herumliegen ließ, hatte er alles über die Darmsanierung nach F.X. Mayr gelesen.

Tagelang blieb er oben, im Hochbett, und löffelte Semmeln mit Milch, wurde immer blasser, bis er nur noch aufrecht auf der Matratze saß und ein T-Shirt nach dem anderen durchschwitzte.

»Meine Mutter hat mich verflucht«, sagte er.

In seiner Not rief er eine Anhängerin der Vereinigung des Lichts an, die als Heilerin arbeitete. Sie kam mit Rescue-Tropfen vorbei und redete auf ihn ein. Alles sei gut, sagte sie immer wieder, wirklich alles sei gut, er müsse sich nur der Meditation und dem inneren Licht anvertrauen.

Vie zahlte mit ihrem letzten Gehalt den Strom. Die Wohnungsmiete waren sie seit zwei Monaten schuldig geblieben; ebenso wie mehrere seiner Parkstrafen und andere Rechnungen.

Eines Morgens, es war erst sieben Uhr in der Früh, läutete jemand an der Eingangstür Sturm.

»Sag, dass ich nicht da bin«, flüsterte Bojan, »du weißt nichts von mir.«

Vie kletterte von der Galerie hinunter; die erste Morgensonne durch die offenen Fensterflügel begrüßend, die ersten Bienen und einen Zitronenfalter – alles war so lebendig, jetzt, im Hochsommer. Sie machte auf – und da stand der Gerichtsvollzieher, dünn, hochgewachsen, trotz der bevorstehenden Hitze in einem schwarzen Blouson. Mit geübtem Griff zückte er seine Erkennungsmarke und betrat gleichzeitig, ohne zu fragen, das Vorzimmer.

»Der Herr, den Sie suchen, ist nicht da. Er ist verreist, und wann er zurückkommt, weiß ich nicht«, sagte Vie.

Aber er ließ sich nicht aufhalten, warf einen Blick in den

großen leeren Raum, ging durch Küche und Bad, öffnete die Toilettentür. Zum Schluss entdeckte er die Holzsprossen zum Hochbett hinauf. Mit drei Sätzen war er oben, und dort hörte sie ihn sagen: »Na, das ist aber auch nicht die feine englische Art.«

Er zwang Bojan hinunterzukommen.

Barfuß und nur mit einer Pyjamahose bekleidet musste er zusehen, wie der Gerichtsvollzieher seinen neuen Anrufbeantworter an sich nahm, und die antike Lampe mit dem vergoldeten Fuß.

Die Lampe, die Bojan angeblich von seinem Großvater geerbt hatte, was sich im Laufe der Zeit als eine seiner vielen Lügengeschichten erwies. In Wirklichkeit hatte er gar keinen Großvater, der ihm etwas vererben hätte können, wie er ihr irgendwann einmal gestanden hatte. Die Lampe war, so wie der Goldring mit dem Saphir und einige alte Bilder, von einem Gönner – einem reichen älteren Mann, bei dem er, kurz nach der Schule, eine Zeitlang gewohnt habe; der in ihn verliebt gewesen sei.

Und wenn sie die Versatzstücke seiner Angaben zusammenzählte, dann musste sogar sie, die bisher wenig Ahnung von solchen Dingen hatte, irgendwann zu dem Schluss kommen, dass Bojan der Geliebte dieses Mannes gewesen war – wodurch sich auch die vielen anderen, gut gepflegten Herren erklärten, die ihre Hüte lüfteten, wann immer sie mit ihm durch den ersten Bezirk spazierte. Diese in die Jahre gekommenen Männer, die mit einer kleinen, eleganten Drehung auf dem Trottoir ausgewichen waren und Bojan dabei vielsagend angelächelt hatten.

Seine zwischen Nebeln aufschimmernde Vergangenheit machte ihr nichts aus; im Gegenteil: War es nicht mutig, sich gegen alle Gesetze bürgerlicher Scheinmoral zu stellen?

Es interessierte sie nicht, darüber nachzudenken, was das alles für sie zu bedeuten hatte; so weit gingen ihre Überlegungen nie, denn es gab für sie keine Lösung im Sinne ihres Vaters und ihrer Mutter.

Nie wieder, schwor sie sich, würde sie zu ihnen zurückgehen.

Die Saugnäpfe des achtarmigen Tintenfisches konnten einem Löcher ins Fleisch brennen; man musste ihn unter allen Umständen umschiffen. Was immer noch besser war, dachte Vie, als sich im oberen Teil der Stadt in das Haus ihrer Eltern zu legen, das in ihren Augen nichts anderes war als ein einziges Grab.

Die Sonne stand inzwischen hoch genug, dass ihre Strahlen sich bis über den Schreibtisch legten. Dort, im Licht des Sommers, breitete der Gerichtsvollzieher ein Dokument aus und zwang Bojan, eine Zahlungsvereinbarung mit mehreren Durchschlägen zu unterschreiben.

Dann verabschiedete er sich, mit dem Anrufbeantworter und der Lampe unter dem Arm. Vie sperrte die Eingangstür zu, und Bojan legte sich noch einmal schlafen.

18

Am ersten Jänner war es draußen kälter als in den Tagen zuvor. Wenn jetzt noch einmal Schnee käme, dachte Valerie, würde er liegen bleiben. Die Straßen waren menschenleer, kaum ein Auto war unterwegs. Erschöpft vom alten Jahr und der Silvesternacht, schienen sich alle Bewohner zu verkriechen.

Valerie war schon früh am Abend bis zum Platz hinter Bojans Atelier gefahren. Jetzt stand sie vor dem Zaun und wartete. Das Laub unter ihren Schuhen war hart vom Frost.

Die Fenster des Ateliers waren erleuchtet. Aus irgendeinem Grund schien ständig jemand zu Hause zu sein. Von draußen war das gedimmte Licht von Deckenstrahlern zu erkennen, außerdem die beiden klassischen Stehleuchten mit den gelben Stoffschirmen. Diesmal sah es so aus, als würde ein Ellbogen, in einem roten Pullover, über der Lehne des Ohrensessels liegen.

Jetzt ärgerte sie sich wieder, dass sie kein Fernglas besaß, das sie auf ihre nächtlichen Expeditionen hätte mitnehmen können.

Wenn sie irgendetwas herausfinden wollte, ermahnte sich Valerie, musste sie sich in Geduld üben. Die Katze lag wohl drinnen, eingekuschelt in ein Kissen. So liebevoll, wie die Frau mit den langen Haaren das letzte Mal nach ihr gerufen hatte, durfte sie bestimmt auf den Sitzgelegenheiten der Wohnung dösen, wahrscheinlich sogar im Bett.

Ob Bojan zu dieser Frau anders war?

Seine Mutter hatte ihr einmal im Vertrauen erzählt, wie

schwierig es für ihn in der Schule gewesen sei. Mit zwölf Jahren zum ersten Mal in Österreich, sagte sie, und dann gleich in einer fremden Klasse, dabei konnte er, so wie auch sie selbst und sein Vater, noch kein Wort Deutsch. Manchmal sei er nach Hause gekommen und habe geweint. Es sei schlimm, habe er gesagt, wenn man für alle nur der *depperte Jugo* sei.

Valerie ging langsam vor dem Zaun auf und ab, damit ihre Füße nicht steif wurden. Wie immer dauerte es eine Weile, bis sich ihre Augen an die Dunkelheit gewöhnt hatten, aber dann konnte sie alles um sich herum recht gut erkennen. Vorsichtig setzte sie einen Schritt vor den anderen. Sie wollte nicht auf herumliegende Äste treten und mit dem Geräusch auf sich aufmerksam machen.

Das angeblich russische Lied fiel ihr jetzt wieder ein, das ihr Bojan vor vielen Jahren beigebracht hatte. Viel später, nachdem sie es einmal stolz bei einem Abendessen mit viel Wodka einigen Immobilienkunden aus Moskau vorgetragen hatte, stellte sich heraus, dass der Text gar nicht russisch war, sondern serbisch oder, wie man früher gesagt hätte, serbokroatisch. Bojan lehnte seine erste Heimat ab, aber in seiner neuen Heimat war er auch nie angekommen. Ständig hatte er gelogen oder irgendwelche Geschichten erfunden.

Allmählich bekam sie Hunger. Sie versuchte, sich wieder auf die erleuchteten Räume des Ateliers zu konzentrieren. Wahrscheinlich, dachte sie, war die ganze Aktion sinnlos. Wenn es schlecht lief, würde man sie sogar noch beim Herumspionieren erwischen. Lohnte es, das zu riskieren?

Gerade als sie zurück zu ihrem Wagen wollte, ging der linke Fensterflügel auf. Instinktiv duckte sie sich, obwohl sie wusste, dass sie auf diese Entfernung nicht zu erkennen war. Im Lichtschein des Fensters trippelte die Katze über die Holzplanke hinunter in den Garten.

Weit weg war jetzt das Summen des Abendverkehrs zu hören. Sonst war es ganz still.

Als Valerie sicher war, dass sich hinter dem offenen Fenster nichts mehr regte, ging sie in die Hocke, kratzte mit einem Zweig über das gefrorene Laub und wartete, bis das leuchtende Augenpaar neugierig wurde und näher kam. Nach einer Weile raschelte es auf der anderen Seite des Zaunes. Gleich darauf sprang die Katze auf den Mauersockel und begann, Valerie durch den Maschendraht zu beschnuppern.

Vorsichtig, um das Tier nicht durch eine abrupte Bewegung zu verscheuchen, griff Valerie in ihre rechte Jackentasche und holte den Gefrierbeutel heraus. Sie legte die in Plastik gewickelte Pastete auf dem Boden ab, schon zwei Finger ihrer linken Hand durch den Zaun, und streichelte über ihr dichtes Fell. Mit der anderen Hand holte Valerie die Pastete aus dem Beutel und ließ sie daran schnuppern. Die Katze zögerte kurz, dann fing sie zu schnurren an.

Sicher würde das Frauchen bald nach seinem Liebling rufen.

19

Das Reinigen der Toiletten fiel ihr nicht schwer. Es waren viele, ja; aber es waren Kinderklos. Dieser Gedanke half ihr, während sie die einzelnen Schüsseln putzte. Die Waschräume von Erwachsenen, das wäre schlimm gewesen, aber so –

Nach ihrer Kündigung bei *Wolle & mehr* hatte sie sich an die Plakate einer katholischen Organisation in der U-Bahn erinnert: *Für den Erhalt menschlichen Lebens. Wir helfen und beraten Sie gerne.*

In einer Telefonzelle hatte sie die Adresse aus dem amtlichen Telefonbuch herausgesucht und war mit dem Mutter-Kind-Pass hingegangen.

Dort hatte eine freundliche Sprechstundenhilfe ein Formular aus der Lade gezogen und ihr innerhalb von wenigen Minuten eine Festanstellung vermittelt: als Reinigungskraft in einem Kindergarten, gleich um die Ecke vom Atelier.

Drei Mal in der Woche musste sie in den nächsten zwei Monaten hierher zum Putzen kommen. Damit war sichergestellt, dass sie nach der Geburt des Babys ein Jahr lang Geld vom Staat beziehen konnte.

Sie hockte, soweit es ihr Bauch erlaubte, mit grünen Gummihandschuhen, Schwämmen und Eimer zwischen den orangefarbenen Trennwänden. Die Farbe war wärmend, Zuversicht bringend – nicht nur für kleine Kinder, sondern auch für sie.

Sie fuhr mit der Toilettenbürste unter den Rand der Schüssel. Dabei dachte sie an ihren Vater, den korrekten, erfolgreichen Firmenbesitzer. Sie fand, dass es eine ziemlich gute Pointe war, dass sie jetzt hier putzte.

Nach den Waschräumen war die Küche dran. Das Essen für die Kinder wurde fertig gekocht in Bottichen geliefert und hier nur aufgewärmt. Wenn alle fertig gegessen hatten, stellten die Kindergartentanten das schmutzige Geschirr und die Töpfe in eine lauwarme Spülmittellauge, und Vie musste alles sauber bekommen.

Während sie die angetrockneten Reste von Kartoffelpüree aus dem Bottich schrubbte, fielen ihr wieder die kleinen Fellknäuel ein. Jetzt, in den letzten Monaten ihrer Schwangerschaft, träumte sie in der Nacht ständig von Tieren. Meist waren es kleine Kätzchen, die sich an sie kuschelten; die sie wärmen musste; ihre langen Schnurrhaare kitzelten auf ihrer Haut. Oder aber sie musste Hundebabys, die sich verirrt hatten und auf Bahngleisen herumpurzelten, rechtzeitig vor Schnellzügen retten; sie an sich drücken und mit ihnen zurück auf den Bahnsteig springen. Es ging sich immer gerade noch aus, dann wachte sie auf.

Beim Abspülen der Blechwanne schwappte versehentlich eine Welle von Spülwasser über ihre Turnschuhe. Und jetzt dachte sie wieder an die roten Samtschuhe – sie hatten noch ein paarmal bei ihnen im Vorzimmer gestanden. Sie gehörten Lisa, einer Musicalstudentin mit kupferbraunen Haaren, die ihr bis auf die Hüften fielen. Nachdem Bojan sich von seiner Entgiftungskur erholt hatte, war er mit ihr für eine Woche ans Meer gefahren.

Beim Aufräumen fand sie unter einem Stapel Rechnungen Portraits von Lisa. Offensichtlich hatte sie sich in historischer Kleidung im Park von Schönbrunn fotografieren lassen und Bojan Abzüge geschenkt. Auf der Rückseite war der Name einer stadtbekannten Fotografin aufgestempelt.

Stundenlang sah Vie sich die Bilder an. Alles daran war so schön, so besonders – hätte nicht jede Frau gerne mit einem so souveränen Blick in die Kamera gelächelt? –, aber natürlich wünschte sie sich nichts mehr, als dass sich dieses lächelnde, korsetttragende Fräulein unter dem Sonnenschirm in Luft auflöste.

Auf dem Weg – wohin eigentlich?, es war ihr entfallen – hatte sie die Bilder in ganz kleine Stücke zerrissen und in die Mülltonne hinter Sigis Würstelstand gesteckt.

Weil Bojan mit seiner neuen Musicalstudentin nach Italien gefahren war und sich von dort aus nicht weiter um Vie kümmerte, war sie bereits zweimal mit ihrer Cousine im Bellaria-Kino gewesen. Sie sahen sich einen Film mit Hans Moser und einen mit der jungen Paula Wessely an.

Danach ging sie sogar noch mit zu ihr nach Hause. Sie tranken Tee, aßen Rosinengugelhupf und hörten Schallplatten von Kate Bush.

Sie habe eine Stelle an der Philosophischen Fakultät in Zürich bekommen, erzählte ihre Cousine. In zwei Wochen werde sie in die Schweiz ziehen; und Vie war überrascht, dass es auch diese Möglichkeit gab; für jemanden mit Zielen; nicht für sie.

Beim Abschied sagte ihre Cousine noch: »Wenn dein Kind etwas älter ist, dann fahren wir im Winter zusammen nach Tirol, und ich bringe ihm Schifahren bei. Du wirst sehen, das wird ein Riesenspaß.« Und die Vorstellung von einem gemeinsamen Winterurlaub machte Vie in diesem Moment sehr glücklich.

Sie wachte jetzt meistens schon ganz früh auf. Weil ihr Bauch schon so groß war, dass es keine Möglichkeit mehr gab, damit in einer halbwegs angenehmen Position zu liegen. Dabei hatte die Verkäuferin bei *Janele* erst unlängst, nachdem sie ihr drei Topfenkolatschen in eine große Papiertüte gepackt hatte, gesagt: »Sie können sich das leisten, junge Dame. Sie sind ja so schlank.«

Vie hatte, zur Verblüffung einiger Kaffeehausgäste, ihren Mantel geöffnet und geantwortet: »Ich bin im siebten Monat.«

Die Kugel wölbte sich nach vorne und zog immer stärker nach unten.

»Das müssen Sie nicht aufwischen, wir machen das schon«, sagte eine der Kindergärtnerinnen und nahm ihr den Besen aus der Hand.

Bis auf die Lache aus Spülwasser am Boden war die Küche jetzt sauber.

Aus irgendeinem Grund war sie darauf richtig stolz, fiel ihr jetzt ein, vielleicht, weil sie bis vor einem Jahr gar nicht gewusst hatte, wie Putzen überhaupt ging. Zu Hause, bei ihren Eltern, hatte es dafür immer Personal gegeben.

Bojan hatte es ihr beigebracht, weil eine Frau, in seiner Welt, so etwas selbstverständlich können musste; weil sich ein Mann, in seiner Welt, selbstverständlich nicht mit so etwas wie Putzen abgab.

So, sagte er gerne, würde man das in Belgrad machen.

Sie hatte ihm beweisen wollen, dass sie etwas taugte, auch nach seinen Maßstäben.

Auf dem Nachhauseweg wehte ein starker Wind durch die Einkaufsstraße. Er versprach Eisblumen und Schnee. Nach einem langen und milden Herbst war es in den letzten Tagen plötzlich kalt geworden. Vie wickelte ihren Schal enger. Den offenen Mantel hielt sie so fest wie möglich an den Körper gedrückt – sie bekam ihn jetzt gar nicht mehr zu. Als sie an *Rudis Jeans-Shop* vorbeikam, sah sie in der Auslage so ähnliche Samtschuhe stehen wie die von Lisa.

Lisas waren schöner; aber letztlich hatten sie ihr auch nichts genützt. Als Bojan und sie von ihrer kleinen Reise zurückgekommen waren, hatte Vie auf den ersten Blick erkannt, dass sich etwas verändert hatte. Lisas Ausdruck war ein anderer, etwas in ihren Augen schien erloschen. Sie nahm ihre Tasche aus dem Kofferraum und verabschiedete sich schnell.

Später erzählte Bojan, und sein Bericht schien ihm großen Spaß zu machen, dass ihnen auf dem Rückweg von Italien, mitten auf der Autobahn, das Benzin ausgegangen sei; und dass sich Lisa darüber so aufgeregt hätte, dass er ihr eine runtergehauen hätte.

Danach war sie nie wieder zu Besuch gekommen.

Stattdessen ging Vie jetzt wieder mit Bojan spazieren; über aufgeräumte Gehsteige; denn das bunte Herbstlaub war inzwischen weggeschafft worden; der Oberste Rat war zufrieden und überließ ihnen das Feld.

Sie unterhielten sich über dies und das, als Vie plötzlich Günter sah; ihn an seinen schwarz gefärbten Haaren erkannte, die in alle Richtungen standen, und an seiner viel zu großen Lederjacke; sie sah schon von weitem, wie er ihnen entgegenkam; er war jetzt kurz vor den Kleiderständern mit den Schals, die abwechselnd vom Wind emporgehoben wurden; Günter, der nicht verstehen konnte, warum sie, als sie das letzte Mal zusammen ins U4 gegangen waren, verschwunden war, ohne sich zu verabschieden. Sie hatte sich bei ihm nie wieder gemeldet, aus Selbstschutz; und um die Dinge für den Obersten Rat zu vereinfachen.

Bojan ging mit forschen Schritten, wie es seine Art war,

über den Asphalt; sprach weiter, über dies und das; und Günter kam immer näher.

Sie musste unter allen Umständen verhindern, dachte Vie, dass er sie begrüßte. Nicht auszudenken, was alles geschehen konnte, wenn er dabei sogar stehen blieb!

Bojan würde Verrat und Verschwörungen wittern; und ihr später triumphierend den Beweis ihrer Liederlichkeit ins Fleisch schreiben, mit Fäusten, Stiefeln und Eisenstangen.

Und sie antwortete schnell, damit Bojan keinen Verdacht schöpfte; und hielt währenddessen den Kopf gesenkt, damit Günter sie hoffentlich nicht erkannte; denn er würde sich wundern, was für eine Kugel sie da auf einmal vor sich herschob; in seiner und ihrer Vorstellung hatte es damals für einen Alltag mit Kindern, Familie und Festanstellungen keinen Platz gegeben.

Günter war jetzt nur mehr wenige Meter von ihnen entfernt; auch er lief mit großen, bestimmten Schritten –

»Ich könnte den alten Porsche und den Chevrolet gegen einen Jaguar E eintauschen, der in perfektem Zustand ist«, sagte Bojan; gleich musste Günter an ihnen vorbei; und er erkannte Vie, zuckte kurz zurück; sie bemerkte es aus dem Augenwinkel; aber er war nicht dumm, stellte sie dankbar fest; weshalb er sie jetzt nicht grüßte, sondern einfach, wie aus Versehen, in sie hineinlief; damit sie ihm noch einmal ins Gesicht sehen musste, vielleicht zum letzten Mal.

»Warum nicht«, sagte Vie zu Bojan, gerade als sie an Günter vorbei waren.

Ihr war heiß geworden; und es pochte in ihrem riesigen Bauch; und jetzt nahm sie Bojans Hand; es ging weiter.

20

Am zweiten Jänner setzte sich Valerie mit ihrem Laptop aufs Sofa und ging zum ersten Mal seit Weihnachten ins Internet. Auf allen Nachrichtenseiten wurde über irgendwelche Ereignisse in Köln berichtet. Im ersten Moment vermutete sie einen Terroranschlag, ähnlich wie vor kurzem in Paris. Aber den Berichten zufolge waren unzählige Frauen während der Silvesternacht am Kölner Hauptbahnhof sexuell belästigt und bestohlen worden.

Anscheinend hatte die Polizei den Verlauf des Abends vor zwei Tagen noch als »weitgehend friedlich« beschrieben. Aufgrund von dreißig Strafanzeigen gegen Unbekannte musste sie nur einen Tag später die Gründung einer Ermittlungsgruppe bekanntgeben. Der Polizeipräsident sprach von »Straftaten einer völlig neuen Dimension«. Kommentare, die sich auf einen Bericht des *Kölner Stadt-Anzeigers* beriefen, erwähnten, dass es sich bei den Tätern um »Männer nordafrikanischen Aussehens« handeln könnte.

Valerie ging in die Küche und holte sich ein Glas Rotwein und einen Teller von ihren selbst gebackenen Zimt-Monden. Sie waren gut geworden, und weil es so viele waren, ernährte sie sich seit vorgestern ausschließlich von Äpfeln, Nüssen, Karotten und Keksen. Alle anderen Essensvorräte waren ihr inzwischen ausgegangen. Was in ihren Augen nicht weiter schlimm war: In zwei Tagen war ihr erster Arbeitstag, und sie musste ohnehin hinaus. Nach der Arbeit konnte sie auf dem Heimweg ein paar Besorgungen machen.

Sie setzte sich zurück an den Computer. Zwischen den Zeilen der einzelnen Berichte war eine diffuse Aufregung zu spüren. Die Kommentare vertraten die unterschiedlichsten Meinungen. Um sich selbst ein Bild zu machen, klickte sie sich durch alle Texte zum Thema auf den Seiten von Spiegel, Welt, Zeit, FAZ, Süddeutsche, Standard und ORF.

Nach dem Sommer, als die Flüchtlingskrise zum ersten Mal akut geworden war, erinnerte sie sich jetzt, war in den Medien anerkennend über zahlreiche Unternehmen berichtet worden, die sich mit teilweise beträchtlichen Geld- und Sachspenden engagiert hatten.

In seiner Gier nach Aufmerksamkeit reagierte René Welsch damals mit ziemlicher Verspätung, indem er an alle Mitarbeiter der Firma eine E-Mail verschicken ließ. Unter dem Betreff »Wir helfen« kündigte er an, dass die Firma ab sofort allen Mitarbeitern freitags eine Stunde früher freigeben würde, damit sie sich ehrenamtlich für Flüchtlinge engagieren konnten. Zum großen Vorteil der Firma, wie sie fand, hatte sie damals darauf geachtet, dass die jämmerliche Aktion nicht an die Öffentlichkeit gelangt war.

Valerie öffnete ihren Mail-Ordner. Neben den üblichen Werbe- und PR-Botschaften hatte sie fünf Nachrichten aus dem Büro. Eine von der Assistentin der Geschäftsleitung mit der Erinnerung an die verschobenen Sitzungstermine in der ersten und zweiten Jänner-Woche. Die übrigen waren von René Welsch persönlich (zwei Mal hatte er in die Betreffzeile sogar nichts als ein paar Fragezeichen hineingeschrieben). Sie hatte keine Lust, auch nur eine einzige davon zu lesen. Niemand musste auf den Kanarischen Inseln seine Mails lesen, dachte sie.

Sie stand auf, um sich noch ein Glas Wein zu holen. Dabei fiel ihr Blick auf die Bücherwand hinter dem Sofa, wo ein Bilderrahmen mit einem Foto von Bea stand. Sie war darauf als Fünfjährige am Lido von Venedig zu sehen, in einem roten Badeanzug. Stolz hielt sie einen Sandkübel in der Hand.

Inzwischen hatte sie sich seit zwei Monaten nicht mehr bei ihr gemeldet, fiel Valerie jetzt ein. Sie selbst hatte es ein- oder zweimal versucht, es dann aber für klüger gehalten, etwas Zeit vergehen zu lassen.

Sie hatte dieses Kind um jeden Preis gewollt. Sie liebte es. Aber die unangenehme Wahrheit war, dass sie es in den ersten Jahren nicht gut behandelt hatte.

Wenn Bea zu laut oder zu lästig wurde, hatte sie sich oft nicht anders zu helfen gewusst, als zuzuschlagen. Mit der flachen Hand ins Gesicht. In Beas kleines Gesicht, mit den feinen, fliegenden blonden Haaren. Auf ihren Kopf. Und manchmal rannte sie ihr auch brüllend nach und prügelte mit den Fäusten auf ihren Rücken ein. Diese Anfälle machten es leichter für sie.

Aus heutiger Sicht unter diesen Umständen wenig überraschend, wurde Bea ein nervöses, rastloses Kind. Dauernd wollte sie etwas von ihr. Valeries größte Angst war, dass Bojan herausfand, wo sie wohnten und Bea entführte. Nicht, weil er sich so sehr nach seinem Kind sehnte, sondern einfach, um Valerie zu zeigen, dass er immer noch Macht über sie besaß und dass sie sich weiter nach ihm zu richten hatte. Deshalb verklagte sie ihn auch nie auf Kindesunterhalt. Bis zum heutigen Tag hatte er keinen einzigen Cent für seine Tochter bezahlt.

Sie war damals so wütend. Aber es gab nicht nur diese schwarzen, giftigen Schreie. Es gab auch diesen weichen, warmen Körper, der bei jeder Berührung gluckste, wenn

Valerie ihn vorsichtig im Waschbecken badete, den Schaum von seiner Brust spülte, weil er noch viel zu klein war für die große Badewanne. Es gab lustige und wunderbare Geschichten, die sie sich gegenseitig erzählten, bevor sie, eng aneinandergekuschelt, einschliefen. Worte, die sie gleichzeitig aussprachen. Und es gab bis heute jene besonderen Nächte, in denen sie die Träume des anderen besuchten.

Für alles andere hatte sich Valerie später bei ihrer Tochter mehrmals versucht zu entschuldigen. Aber sie wusste natürlich, dass es deshalb noch lange nicht gut war.

Valerie nahm den Bilderrahmen in die Hand, um sich das Foto aus der Nähe anzusehen. Dann stellte sie ihn zurück ins Regal. Dabei fiel ihr ein, dass sie mit Bea so gut wie nie über Bojan gesprochen hatte. Sie glaubte, dass das gesünder für das Seelenleben eines Kindes sei. Sie wollte nicht, dass ihre Tochter mit dem Gedanken aufwuchs, dass ihr Erzeuger schlecht oder falsch sei.

Aber natürlich wollte Bea ihren Vater irgendwann kennenlernen. Als Bea vierzehn war, fand Valerie, dass sie alt genug für eine Begegnung sei.

Valeries Mutter sprang damals über ihren Schatten und erklärte sich bereit, ein Treffen zu arrangieren. Sie rief bei Bojan an. Eine Woche später brachte sie Bea zu Bojan ins Atelier und vereinbarte mit ihm, sie in drei Stunden wieder abzuholen.

Aber natürlich hielt sich Bojan nicht an die vereinbarte Zeit. Ihre Mutter musste noch eine weitere Stunde vor verschlossener Tür warten, bevor er mit Bea wieder zurückkam und triumphierend sagte: »Kein Grund zur Aufregung, gnädige Frau. Wir haben nur einen kleinen Ausflug gemacht.«

Danach schrieb Bea mit großen Buchstaben auf ein Blatt

Papier, das sie an die Wand über ihrem Bett klebte: *Heute habe ich meinen Vater kennengelernt.* Valerie war hin und her gerissen. Sie versuchte, sich nicht einzumischen. Und hoffte inständig, dass ihnen keine größeren Probleme bevorstanden.

Aber es war bei diesem ersten Treffen geblieben. Gleich danach fing Bojan an, Bea mit unverständlichen SMS-Botschaften zu bombardieren. Er schrieb ihr, dass ihre Familie schon immer gegen ihn gewesen sei. Dass sie sich vor ihrer Familie schützen müsse, weil sie sonst verloren sei.

Der Spuk dauerte nur etwas mehr als eine Woche. Zum Glück ließ Bea sie alle Nachrichten lesen. Dann entschied sie von sich aus, dass sie diesen Menschen in ihrem Leben nicht brauche. Auf ihre kindliche Art hatte sie durchschaut, dass es dabei nicht um sie ging. Nach einer weiteren SMS schrieb sie ihm, dass sie keinen Kontakt mehr wolle. Danach löschte sie seine Nummer.

Valerie machte die Lampen im Wohnzimmer aus und blieb noch eine Weile im Dunkeln sitzen. Durch die Lichter der Stadt sah der Himmel hinter den Fenstern aus, als wäre er aus durchsichtiger Tinte.

21

Wenn ihr jemand gesagt hätte, wie es wirklich sein würde, dachte Vie, dann hätte sie es sich anders überlegt.

Wahrscheinlich aber doch nicht, trotz allem. Denn sie wollte dieses Kind unbedingt. Sie hatte sich auf dieses Wesen gefreut; in den letzten Wochen ununterbrochen mit ihm gesprochen; ihm gesagt, dass es Zeit sei, weil sie den Ballon, den sie vor sich herschieben musste, nicht mehr tragen konnte; weil ihr dieses ganze Ding auf das Zwerchfell drückte und sie kaum mehr Luft bekam.

Bojan und sie schliefen ständig miteinander, am Nachmittag, in der Nacht und morgens nach dem Aufwachen gleich wieder; es war, als könnte er sie jetzt endlich besitzen; als hätte ihn dieser riesige Bauch sicher gemacht. Und auch mit ihren Hormonen war etwas anders geworden, denn noch nie hatte sie seine Berührungen so tief empfunden und in ihrer Lust so laut geschrien.

Eines Morgens, kurz nach Weihnachten, pinkelte sie sich nach dem Aufstehen an; es kam Bojan und ihr eigenartig vor, das klare Wasser auf dem Holzboden, zwischen ihren Beinen, und er fuhr sie mit dem Porsche ins Spital. Trotz Schneematsch war er die ganze Zeit über auf dem Gas geblieben.

»Die Fruchtblase ist geplatzt, wir leiten jetzt die Wehen ein«, sagte einer der Ärzte, aber es könne natürlich noch länger dauern.

Bojan drückte ihre Hand und flüsterte: »Ich verabschiede mich jetzt mal und werde später wiederkommen.«

Nach einer Weile rief eine der beiden Schwestern, die um sie herum im Operationssaal standen:

»Sie müssen atmen! Atmen und zählen sie. Genau so, wie Sie es im Geburtsvorbereitungskurs gelernt haben!«

Ziemlich blöd, dachte Vie, bei ihrem Versuch, die Schmerzen auszublenden, dass sie nie in so einen Kurs gegangen war.

Denn die Tiefseekrake im Atelier schlief nicht. Sich eigenmächtig von Bojan zu entfernen, außerhalb seiner Kontrolle zu sein (noch dazu abends), wäre mit Sicherheit ein grober Fehler gewesen; was diese Gesetze betraf, kannte sie sich inzwischen aus.

Sie herrschte die Schwester an:

»Los, sagen Sie mir einfach schnell, wie!«

Natürlich wurde man nicht gewarnt, dachte sie, sonst wäre die Menschheit schon längst ausgestorben.

»Irgendwann ist es vorbei«, hatte ihre Mutter vor einigen Jahren geantwortet und dazu eine wegwerfende Geste gemacht, als sie mit ihr einmal über das Kinderkriegen gesprochen hatte.

Ihr Vater, rote Flecken im Gesicht, sobald die Rede von Intimitäten war, sagte zu diesem Thema gerne Sätze wie: »Die Geburt ist ein peinlicher Vorgang.«

Sie vernahm das Klirren von Instrumenten. Spürte zwischen ihren Beinen einen kurzen, brennenden Schmerz.

Wo war er eigentlich jetzt, der Oberste Rat?

Ohne dass sie es wollte, war ihr Kopf nach hinten gekippt und ins Nichts gefallen.

Aber es hatte sich ausgezahlt; dort hinten war endlich Ruhe; Vie sah nur mehr Feldgehölz, Büsche und dunstendes Gras. Endlos breitete sich die Landschaft unter einem klaren und mächtigen Himmel aus.

Lange schwebte sie über den Sträuchern; getragen von einem Geräusch, das nichts mit dem Summen von Insekten zu tun hatte; es gab auch kein Zirpen und kein Gezwitscher, weder Menschen noch Tiere; nur dieses vielstimmige Atmen, das jede Pflanze, jeden Halm emporschießen und miteinander verwachsen ließ.

Zum ersten Mal seit langem fühlte sich Vie ganz richtig und leicht.

Sie begriff, dass sie sich in einem Land vor jeder Zeit befand. Dass hier das Eine war. Und aus ihm alles Leben.

Jemand tätschelte ihre Wange und sagte:

»Sie ist uns ohnmächtig geworden.«

Sie hörte ein Krächzen, ein Klatschen und einen kurzen Schrei.

Und im nächsten Augenblick legte ihr jemand dieses kleine Wesen in den Arm, warm, feucht und verschmiert. Vie konnte es kaum fassen, wie winzig es war. Jemand sagte ihr, dass es ein Mädchen sei. Sie nahm eines ihrer Händchen zwischen zwei Finger. Es war nicht größer als ihr halber Daumen. Das kleine verschrumpelte Gesicht sah aus wie das einer alten Oma.

Dass etwas so Zartes überhaupt selbstständig atmen konnte.

Vie musste weinen.

In diesem Moment war Bojan zurückgekommen.

Jetzt stand er neben ihr und dem Kind; er wirkte dabei ganz feierlich; und eine der Schwestern hielt ihm eine Schere hin und sagte: »Wenn Sie wollen, können Sie jetzt die Nabelschnur durchtrennen.«

22

Am dritten Jänner läutete es an Valeries Tür. Frau Kaiser, ihre Nachbarin, wollte ihr Paket abholen. Valerie, die sich ein wenig für ihre ausgebeulten Jogginghosen und ihre ungewaschenen Haare schämte, überreichte ihr die kleine quadratische Schachtel.

»Man würde es nicht für möglich halten«, scherzte Frau Kaiser, »aber ich habe mir auf meine alten Tage noch einmal einen Fotoapparat gekauft. Damit hat man doch mehr von seinen Reisen.«

»Und Ihren Hund können Sie auch aufnehmen«, sagte Valerie. Nachdem sie zwei Wochen lang mit niemandem gesprochen hatte, genoss sie die kurze Unterhaltung mit der alten Dame.

»Ja, das werde ich jetzt alles ausprobieren. Vielen Dank und einen schönen Sonntag noch.«

Nachdem sie Frau Kaiser verabschiedet hatte, ging Valerie in die Küche und machte sich einen zweiten Kaffee. Während die Espressomaschine auf dem Herd heiß wurde und sie die restliche Milch in eine Kanne goss, fiel ihr Blick auf die Kühlschranktür, an der sie mit kleinen Magnetscheiben zwei Bilder befestigt hatte.

Das eine war ein Foto, bei dem die Farben schon ziemlich ausgeblichen waren. Es zeigte Bea mit Mantel und weißen Strumpfhosen an ihrem ersten Schultag. Das andere war eine Postkarte, die Bea vor einem Jahr aus Washington geschickt hatte. Darauf war eine Landschaft mit Wasserfall im *Shenandoah National Park* zu sehen. Sie mochte die Aufnahme, das Wasser und die bunten Herbstbäume sahen nach Frieden und Erholung aus. Hätte sie Bea nicht schon längst einmal vorschlagen sollen, sie dort drüben zu besuchen?

Sie goss den fertigen Kaffee in eine Tasse und ging damit ins Wohnzimmer. Morgen würde wieder eine ganz normale Arbeitswoche beginnen. Sie würde heute wohl oder übel noch alle Bürounterlagen fertig machen müssen.

Ihre Wohnung, beschloss Valerie, würde sie heute nicht mehr verlassen.

23

Sie hatte ihre Tochter Beatrice genannt, nach ihrer Großmutter. Bojan war mitgegangen, zur Ausstellung der Geburtsurkunde. Wahrscheinlich auch, um sicherzugehen, dass sein Name nicht angegeben wurde. Er wollte auf keinen Fall als Vater in den Dokumenten stehen.

»Los, unterschreib das!«, hatte er nach einem Streit geschrien, während das Baby in einem Korb im Badezimmer schlief, und ihr ein weißes Blatt Papier hingehalten.

»Was meinst du? Hier steht nichts.«

»Unterschreib hier unten, jetzt sofort!«

Ihre Finger zitterten, während sie den Kugelschreiber führte. Sobald sie fertig war, riss er ihr das Blatt weg und sagte:

»Darüber setz ich, was ich will. Vergiss das nie. Was auch immer du oder deine Nazi-Familie in Zukunft noch vorhaben, damit könnt ihr mir gar nichts tun.«

Das war es.

Dann teilte er ihr mit, dass sie ausziehen musste. Er könne nicht dauernd ein quengelndes Kleinkind bei sich haben, hatte ihr Bojan erklärt, das halte er nicht aus, aber er werde natürlich oft bei ihr sein.

Jetzt, wo sie für ihr Kind sorgen musste, war seine Ankündigung fast eine Erleichterung für Vie. Sie wollte, dass die Dinge für Bea und sie selbst leichter wurden.

»Ich werde meine Mutter anrufen«, sagte sie, und diesmal hatte Bojan nichts dagegen.

Natürlich fiel es ihr schwer, ihre Eltern um Hilfe zu bitten. Sie wollte um jeden Preis verhindern, dass sie mit ihren Prophezeiungen recht behielten. Aber fürs Erste fiel ihr kein anderer Ausweg ein, als sie zu kontaktieren.

Am nächsten Tag traf Vie ihre Mutter in der Konditorei auf der anderen Straßenseite vom Atelier. Sie hatte eine Zeitung mit Wohnungsinseraten mitgebracht, die sie gemeinsam durchgingen.

Eine Woche später bezog sie, fünf Gehminuten entfernt, eine Zweizimmerwohnung. Dank der Überredungskunst ihrer Mutter bezahlte ihr Vater die Ablöse und übernahm bis auf weiteres auch die Miete.

Vie hatte trotzdem kaum Geld für Windeln und Essen – aber solche Details sprengten die Vorstellungskraft ihrer Mutter. Bei ihrem ersten Besuch in Vies neuem Zuhause schenkte sie ihr schwarze Lackschuhe von Chanel.

»Die wirst du gut brauchen können, wenn du das nächste Mal ins Theater gehst.«

Bojan kam ab und zu unangemeldet vorbei. Dabei sah er sie an, als wäre sie eine Verbrecherin.

Die meiste Zeit war sie allein und beobachtete Bea beim Schlafen. Hielt tausendfach ihren Zeigefinger ganz nah an die kleine Nase, um zu kontrollieren, ob sie noch atmete. Legte die Hand auf, um zu spüren, ob sich das kleine Paket im Gitterbett noch auf und ab bewegte (minimal nur, aber doch).

Dieser furchteinflößende Gedanke, zu versagen: Ein Tuch oder eine Decke, die sich versehentlich, wie von Geisterhand, über den winzigen Kopf legten. Den Stillstand zu übersehen, zu verschlafen –

Jeder, fiel ihr jetzt ein, trägt immer an allem und allen gegenüber die Schuld.

24

Am vierten Jänner wachte Valerie um sechs Uhr in der Früh auf. Sie fühlte sich erfrischt und ausgeschlafen.

Sie rollte eine Schaumstoffmatte vor dem Bett aus und machte ihre Turnübungen. Danach duschte sie und zog den neuen dunkelblauen Hosenanzug an, den sie sich kurz vor Weihnachten gekauft hatte. Zum ersten Mal seit Tagen schminkte sie sich wieder.

Kurz vor acht verließ sie mit frisch geföhnten Haaren, roten Lippen und allen Bürounterlagen in einer großen Umhängetasche das Haus.

Sie sah den schwarzen BMW von René Welsch, als sie mit ihrem Wagen auf den Firmenparkplatz fuhr. Nachdem er so lange keinen Zugriff auf sie gehabt hatte, würde er bestimmt schon am Vormittag mit lästigen Arbeitsaufträgen Druck machen.

Wenn er sich unausgelastet fühlte, was nach den Feiertagen immer der Fall war, musste er sich selbst und allen anderen beweisen, was für ein harter Chef er war. Das ganze Getue dauerte ein bis zwei Wochen, danach war er üblicherweise schon wieder so gestresst, dass er sich auf die nächste Dienstreise oder in einen Kurzurlaub flüchtete.

Um zwanzig Minuten nach neun rief seine Assistentin an.

»Du sollst bitte raufkommen.«

Sie hatte schon früher mit einem Anruf gerechnet.

Valerie steckte die ausgedruckte Budgetierung in eine

Klarsichtfolie und verließ ihr Büro. Auf dem Weg zum Lift legte sie einen Zwischenstopp in der Teeküche ein und drückte sich einen kleinen Schwarzen aus der Kaffeemaschine. Sie hatte keine Eile.

»Schönen guten Morgen«, sagte Welsch, ohne aufzusehen.

Er überflog ihre Ausdrucke und schmiss sie zurück auf den Tisch.

»Das ist alles ein Wahnsinn«, rief er.

»Und wer kümmert sich um die Location und die Gastronomie für das Event am Freitag? Hast du dir darüber schon einmal Gedanken gemacht – oder bist du auf den Kanarischen Inseln von allen guten Geistern verlassen worden?«

Durch die verglasten Wände des Büros konnte sie bis zu den Weingärten am Kahlenberg sehen. Darunter lag, wie eine Spielzeugstadt unter der frischen Jännersonne, Wien.

Valerie versuchte erst gar nicht, auf seine Vorwürfe zu antworten.

Wie schön diese Stadt war, dachte sie. Man musste es so sehen.

Sie konzentrierte sich einen Moment lang auf ihre Atmung. Dann sagte sie: »Hör zu, René, das mit uns beiden funktioniert nicht mehr. Ich bin nicht die Mitarbeiterin, die du brauchst. Zahl mir eine Abfindung, und du bist mich noch heute los.«

»Du willst kündigen?«, fragte er und sah überrascht auf.

Der Telefonapparat auf seinem Schreibtisch surrte, aber er hob nicht ab. Nach dem fünften oder sechsten Mal brach der Ton wieder ab.

»Willst du mehr Geld?«

»Nein, ich möchte einfach nur raus. Ich will nicht mehr für jemanden arbeiten, dem man es nie recht machen kann.«

Das Wasser in der Donau, die von hier oben aussah wie ein kleines Rinnsal, glitzerte unter der Sonne. Bald würden sich die letzten Federwolken auflösen.

Welsch lehnte sich in seinem gepolsterten Arbeitsstuhl zurück.

»Warum sprechen wir nicht endlich über deine Jahresprämie?«

»Danke, René, aber ich bin an diesem Job nicht mehr interessiert. Es macht keinen Spaß, sich wegen jeder Kleinigkeit von dir anschreien zu lassen.«

»Aber nimm das doch bitte nicht persönlich, Valerie!« Mit einem Ruck beugte er sich wieder vor, und dabei überschlug sich seine Stimme: »Ich hatte einfach ein schlechtes Jahr, das ist alles. Deswegen musst du doch nicht gleich kündigen!«

Valerie nahm seinen Gefühlsausbruch zur Kenntnis, ließ sich davon aber nicht mehr beeindrucken. Inzwischen fühlte es sich für sie ganz falsch an, hier drin zu sitzen, in einem klimatisierten Bürogebäude, in dem sich die Fenster nur mit einem speziellen Schlüssel öffnen ließen.

Sie konzentrierte sich darauf, ruhig zu bleiben.

»Du weißt, dass ich noch ziemlich viel Urlaub guthabe. Und du weißt, dass meine Nachfolgerin einige Listen von mir braucht, Stichwort Russland-Kontakte, Stichwort Schattenbuchhaltung. Wenn wir uns einigen, hast du diesbezüglich keine Probleme zu erwarten. Dafür lässt du mich noch heute gehen.«

Ohne seine Antwort abzuwarten, stand sie auf und verließ sein Büro.

Nach dem Gespräch mit Welsch verzichtete Valerie auf den Lift und ging die vier Stockwerke über das Stiegenhaus zu ihrem Arbeitszimmer hinunter. War sie aufgeregt? Nein, sie hatte plötzlich nur sehr viel Energie.

Von hier waren es nur ungefähr vier größere Querstraßen bis zu Bojans Atelier. Wenn sie zügig ging, würde sie in fünfzehn Minuten dort sein. Sie beschloss, sich ein letztes Mal den Garten anzusehen, und ließ ihren Wagen auf dem Parkplatz stehen.

Die Sonne schien jetzt stärker. Fast war es so, dachte Valerie, während sie die Obere Donaustraße entlangging, als würde sie einen schon wärmen. Sie trug ihren Mantel offen, den dicken Schal hatte sie in ihre Tasche gesteckt.

Autos hupten auf der Fahrbahn neben ihr und versuchten die Spur zu wechseln. Auf dem Radweg zwischen der Straße und dem breiten Gehsteig flitzte ein Fahrradbote vorbei. Zwei Frauen, eine davon mit Kinderwagen, standen vor einem Geschäftslokal mit der Aufschrift *Hartmanns Bäderstudio* und betrachteten die Auslage.

25

Vie ging spazieren. Bea in einem Tragetuch nah bei sich, ihre Wärme spürend, lief sie durch diesen ersten Frühlingstag; das kleine Gesicht des Säuglings mit der Hand vor dem frischen Licht schützend. Sie kam in den Burggarten und setzte sich auf eine Bank; genoss die frische Luft; beobachtete größere Kinder, die einem Ball hinterherliefen.

Danach ging sie einen Umweg durch die Habsburgergasse.

Niemand musste durch die Habsburgergasse, wenn er vom Burggarten zur U-Bahn-Station am Karlsplatz wollte.

Aber sie spazierte.

Im Takt mit dem Klappern der Pferdekutschen, dem Ruf einer Schwalbe. Und plötzlich stand sie davor:

Antiquitäten Neumeier

Das war es.

Mit der rechten Hand weiter Beas Kopf schützend, obwohl die Barockhäuser hier breite Schatten über die Gasse legten, warf sie einen Blick in das Schaufenster: Salonmöbel, goldene Kaminuhren, Gemälde in breiten, schwarz lackierten Holzrahmen.

Sollte sie hineingehen? Was könnte jemand wie sie in so einem Geschäft suchen?

Antiquitäten Neumeier war auch in eleganten, weißen Buchstaben auf dem Glas der Eingangstür zu lesen.

Sie zögerte. Aber dann fiel ihr Blick hinter die Ausstellungsstücke, in den Verkaufsraum. Weiter hinten, neben einem Schreibtisch, standen zwei Frauen, eine ältere und ein junge.

Bojans erste Freundin, das musste sie sein. Vie war sich auf einmal ganz sicher. Sie lief die Fassade ab, kam wieder zurück, stieß mit dem verchromten Griff die Tür auf und betrat das Lokal.

Ob sie ihr helfen könnte, fragte die ältere Frau, ihr auf halbem Weg über große, sandfarbene Steinfliesen entgegeneilend. Wahrscheinlich die Mutter, dachte Vie, sie sahen sich ähnlich. Nein, sie wolle sich nur einmal umsehen, sagte sie, wohl wissend, dass man ihr die potenzielle Käuferin, Interessentin, nicht abnehmen würde, in ihrem zu großen Hemd, mit dem Tragetuch und den alten Schuhen.

Unauffällig, zwischen Marmortischen und Kerzenständern, beobachtete sie die Tochter, die an einem Schreibtisch lehnte und sie verhalten anlächelte. Sie musste Ende zwanzig sein. Ihr Gesicht war ungeschminkt, es wirkte fast durchscheinend, umrahmt von feinem, blondem Haar, nicht länger als bis zum Kinn.

Das Mittagsläuten der Michaelerkirche drang durch die Glasscheiben herein – so früh noch! Und draußen so hell! Dabei war durch die Auslage kein Himmel, sondern nur die mächtige Stuckfassade des gegenüberliegenden Gebäudes zu sehen.

Fußgänger, Geschäftsleute eilten über die Gehsteige, angetrieben vom Glockenläuten.

Ja, so früh noch – in wenigen Tagen, kam es ihr jetzt in den Sinn, würde ihr vierundzwanzigster Geburtstag sein.

Und der Anblick dieser jungen Frau, die hier vor dem Schreibtisch stand, enthielt etwas von ihrer eigenen Zukunft, dachte Vie, während sie vorgab, sich für die

Schmuckstücke in einer Vitrine zu interessieren, um schließlich zurück zum Ausgang zu gehen.

Bea würde bestimmt bald wieder Hunger haben, dachte sie, als sie die Tür aufstieß; die frische Luft der Gasse einatmend, die Ruhe nach dem Läuten. Sie würde ihr Kind stillen und dann weitersehen.

Denn die junge Frau in der Antiquitätenhandlung war nicht untergegangen; hatte sich nicht zerstören lassen. Sie lebte weiter.

Sie hatte überlebt und war hier.

Und Bojan machte es ihr leicht, als sie zu Hause ankam, wo er bereits in der Küche saß und auf sie wartete. Oder vielleicht machte sie es sich auch selbst leicht, jetzt, gegen Ende, so kam es ihr auf jeden Fall vor, während er mit dem Arm ausholte und rief:

»Wo warst du so lange?«

Der dumpfe Schlag überraschte sie nicht. Nur das anhaltende Brennen auf ihrer Wange, während Bea noch immer im Tragetuch schlief, an ihre Körpermitte gedrückt.

Und plötzlich war es, als wäre das Ende einer Filmrolle abgespult worden und das Licht im Saal angegangen.

So viele Stunden, so viele Szenen. Vie fühlte sich wie nach einem Kinobesuch, der viel zu lange gedauert hatte; als hätte sie diese Zumutung eines großen, eingebildeten Regisseurs und seine vielen Ideen auf etwas Wesentliches reduziert.

Sie spürte ihren Atem.

Und sie war überrascht, wie ruhig dieses Auf und Ab in ihr war.

Wir müssen das Spiel beenden, sagte sie zum Obersten Rat.

Jetzt geht es um ein Kind und nicht mehr um uns allein.

Sie atmete ein und aus.

Hier, vor ihm stehend, in ihrer Küche, fühlte sie sich auf einmal ganz klar.

»Es ist vorbei«, sagte sie. »Pack deine Sachen zusammen und geh.«

Damit sie im Notfall um Hilfe rufen konnte, ging sie, in ihren alten Turnschuhen, einen Schritt vor den anderen setzend, ins Wohnzimmer und öffnete das Fenster zum Innenhof; legte Bea, die noch immer schlief, in ihr Gitterbett im Nebenzimmer und ließ die Tür einen Spaltbreit offen, damit sie sie hören konnte, wenn sie aufwachte.

Hinhüpfend, du Nachtigall, durch walddichte Gedanken.

Aber Bojan, stellte sie überrascht fest, war ihr nicht nachgegangen.

Sie kam zurück in die Küche, und da stand er, vor dem Holzregal mit dem wenigen Geschirr, das sie besaß. Sie hatte Hemmungen, ihm ins Gesicht zu schauen, aber als sie es schließlich doch tat, sah sie, dass er weinte.

Seine roten Augen ließen sie zurückweichen, doch während sie einen Schritt nach hinten machte, hinaus aus ihrer Küche, fiel Bojan vor ihr auf die Knie.

»Verlass mich nicht.«

Er umklammerte mit seinen kräftigen Armen ihre Beine.

»Bitte verlass mich nicht.«

War das der Mann, der sie angespuckt hatte? Der ihr gesagt hatte, dass sie nicht mehr wert sei als der Dreck unter seinen Fingernägeln?

Sie hörte sein Schluchzen, und es kam ihr wie etwas Falsches, Fremdes vor, das nichts mit ihr zu tun hatte. Sie entschied, dass es eine gute Idee wäre, ihre Hände auf seine Schultern zu legen; es würde ihn beruhigen, hoffte sie; sein Körper zitterte.

Und jetzt fiel ihr dieser Nachmittag ein, an dem sie zusammen mit Bea aufs Land gefahren waren, um Freunde von Bojan auf ihrem Bauernhof zu besuchen. Sie hatte Bea in der Stube auf die Mitte einer Bank gesetzt. Schau, wie sie schon sitzen kann, rief Vie, und alle anderen standen um das Kind herum und lachten es an, bis Bea vor Vergnügen quietschte und mit ihren kleinen Armen wedelte, als würde sie gleich abheben und davonfliegen.

Auf der Rückfahrt stieg Bojan aufs Gas und sprach, bis sie auf der Autobahn waren, kein Wort mit ihr. Ob sie nicht merke, sagte er schließlich, aus dem Nichts heraus, was dieses Kind für ein großes Ego habe. Ständig wolle es die ganze Aufmerksamkeit auf sich ziehen, dem müsse man Einhalt gebieten, sagte er, sonst sei es zu spät. Aber es ist doch noch ein kleines Kind, entgegnete Vie, wie könne er so einem Wesen schon einen schlechten Charakter unterstellen? Sie hätte nichts verstanden, hatte er gesagt und zog dabei auf der Überholspur an allen anderen Fahrzeugen vorbei, sie könne ihm glauben, er spüre so etwas.

Vie zog Bojan an den Armen hoch, damit er aufhörte, vor ihr auf dem Küchenboden zu kauern.

Er schwitzte. Es roch nach Angst.

»Bitte nimm jetzt deine Sachen und geh.«

Aber er zog sie zu sich hin und versuchte sie zu küssen, nachdem er aufgestanden war, streifte dabei sein Hemd ab, wollte sie an der Hand auf das Bett im Wohnzimmer ziehen.

»Schlaf mit mir. Bitte, schlaf mit mir.«

Sie befreite sich aus seiner Umarmung und trat einen Schritt zurück.

»Es ist vorbei«, sagte sie.

Und sie versuchte jetzt, wirklich freundlich zu ihm zu sein.

Denn sie war ganz ruhig; und sie wunderte sich über dieses glänzende Scharnier, durch das die Gelenke in ihrem Inneren zusammenpassten.

Herabsinkend, Nachtigall, auf beide Hälften der Zeit.

Es ist vorbei, sagte sie noch einmal, und er müsse jetzt gehen.

26

Sie erreichte die kleine Seitenstraße und bog von dort in die Sackgasse ein. Weil die Sonnenstrahlen nicht bis auf den quadratischen Platz kamen, wirkten die Fassaden der Gebäude bei Tageslicht stumpf, wie durch einen Blaufilter. Der Sockel des Brunnens, fiel ihr jetzt auf, war voller Moos. Ein junger Mann und eine Frau kamen aus dem linken Hauseingang und gingen in Richtung der befahrenen Straße. Die beiden waren in ein Gespräch vertieft und beachteten sie nicht.

Valerie schob die Plane ein Stück zur Seite. Im Garten war alles ruhig. Die Fenster des Ateliers waren verschlossen. An der Stelle, an der die Katze nach ihrem Sturz von der Mauer liegen geblieben war, war nichts zu sehen, außer festgetretenem Laub.

Würde sie Bea von ihren heimlichen Besuchen erzählen, wenn sie wieder Kontakt zueinander hätten? Vielleicht, irgendwann.

Zwei Mal fiel jetzt in einem der Gebäude hinter ihr das Haustor ins Schloss. Sie fand, dass es Zeit war, zu gehen. Zum letzten Mal warf sie einen Blick auf die Fenster und den Garten, dann schob sie die Abdeckplane am Zaun wieder zu.

Gleich würde sie sich auf den Weg nach Hause machen, dachte sie. Vorher wollte sie nur noch einmal an Bojans Haustor vorbeigehen.

Sie bog in die Seitengasse ein, in der sich der Eingang zum Atelier und den Innenhöfen befand. Anders als auf dem

Platz vor dem Garten war die Luft hier wieder angenehm warm.

Kurz schloss sie die Augen und genoss die Sonne auf ihrem Gesicht, und als sie sie wieder öffnete, kam ihr auf dem Gehsteig ein alter Mann mit Krücken entgegen.

Er trug einen schwarzen Anorak und zog sein linkes Bein steif hinter sich her. Sie wandte ihren Blick ab und ging weiter. Was ging sie dieser Greis an? Am Ende der Gasse wollte sie über die große Einkaufsstraße und dann hinunter auf den Donaukanal wechseln, weg vom Verkehr.

Der Mann kam näher. Er hatte seine Schultern bis zum Kinn hochgezogen. Wahrscheinlich fiel es ihm schwer, mit den Armen genügend Kraft für die Krücken aufzubringen. Nach jedem Schritt senkte er den Kopf unter der Anstrengung, und Valerie konnte sein spärliches graues Haar sehen, das auf dem Hinterkopf zu einem hässlichen Knoten zusammengebunden war.

Erinnerte er sie an etwas? Hatte sie ihn schon einmal irgendwo gesehen? Sie waren jetzt nur mehr wenige Meter voneinander entfernt.

Valerie wich aus, um den gebrechlichen Mann an sich vorbeizulassen, als ihr diese Krone auf seinem Anorak auffiel. Links vom Reißverschluss der Jacke war eine Krone aufgedruckt, darunter stand in goldenen Buchstaben *Roy*.

Sie hatte diese Jacke schon einmal gesehen, dachte sie. Und gleich darauf fiel es ihr wieder ein: Es war am Tag vor Weihnachten gewesen, als sie mit dem Auto aus der Firmengarage gefahren war. Ein Mann in dieser Jacke war über die Fahrbahn gegangen, und sie war sich jetzt ganz sicher, dass es derselbe Mann gewesen war, denn auch er hatte damals ein Bein nachgezogen.

Valerie blieb stehen und tat so, als müsste sie in ihrer Umhängetasche nach etwas suchen. Sie wollte ihn noch etwas länger beobachten.

Und dann plötzlich, als sie in sein zerfurchtes Gesicht unter den wenigen, nach hinten gebundenen Haarsträhnen sah, erkannte sie ihn:

Der alte Mann auf den Krücken war Bojan.

Er sah kurz auf. Doch er erkannte sie nicht. Was vielleicht an ihrem roten Lippenstift lag, vielleicht auch an allem anderen. Sie musste lächeln. Auf einmal fühlte sie sich ganz frei.

Sie dachte an den Garten hinter seinem Atelier. War es sinnvoll gewesen, dass sie dort in den letzten zwei Wochen so viel Zeit verbracht hatte? Sie war sich nicht sicher, aber das war inzwischen egal.

Bojan musste jetzt ungefähr dreiundsechzig Jahre alt sein. Er, der sich schon damals mit aller Kraft gegen das Älterwerden gestemmt hatte, mit Cremes, Haarlotionen und so vielen jungen Frauen.

Er hatte sie nicht erkannt.

Valeries Mantel öffnete sich im Wind, als sie an ihm vorbeiging.

Sie sah sich noch einmal um.

Seine Haare waren so unglaublich dünn geworden. Zwischen den einzelnen Strähnen leuchtete die Kopfhaut heraus.

Und er schien wirklich große Mühe zu haben, auf seinen Krücken weiterzukommen.

Das war es, dachte sie.

Das Leben.

Sie überquerte die nächste Straße und ging weiter über die Salztorbrücke.

Und es war diese Idee von einem ersten Frühlingstag, die die Schritte aller Menschen auf der Brücke, auch ihre eigenen, beschleunigte.

Bald würde sie zu Hause sein, so leicht, wie ihr das Gehen auf einmal fiel.

Sie würde ein Visum beantragen, hatte sie entschieden, ein paar Sachen in einen Koffer packen und nach Washington fliegen. Sie würde dortbleiben und warten, bis Bea bereit war, sie zu sehen. Alles andere war jetzt unwichtig.

Am höchsten Punkt der Brücke blieb sie stehen und sah hinauf.

Und dieser wolkenlose Himmel enthielt, so komisch der Gedanke auch war, etwas von ihr selbst. Dieser Himmel über Wien.